『蟹工船』消された文字

―多喜二の創作「意図」と「検閲」のたくらみ―

戸田輝夫 著

高文研

▶『一九二八年三月十五日』執筆当時。小樽の自宅にて

▶杉並・馬橋の家にて（一九三一年）

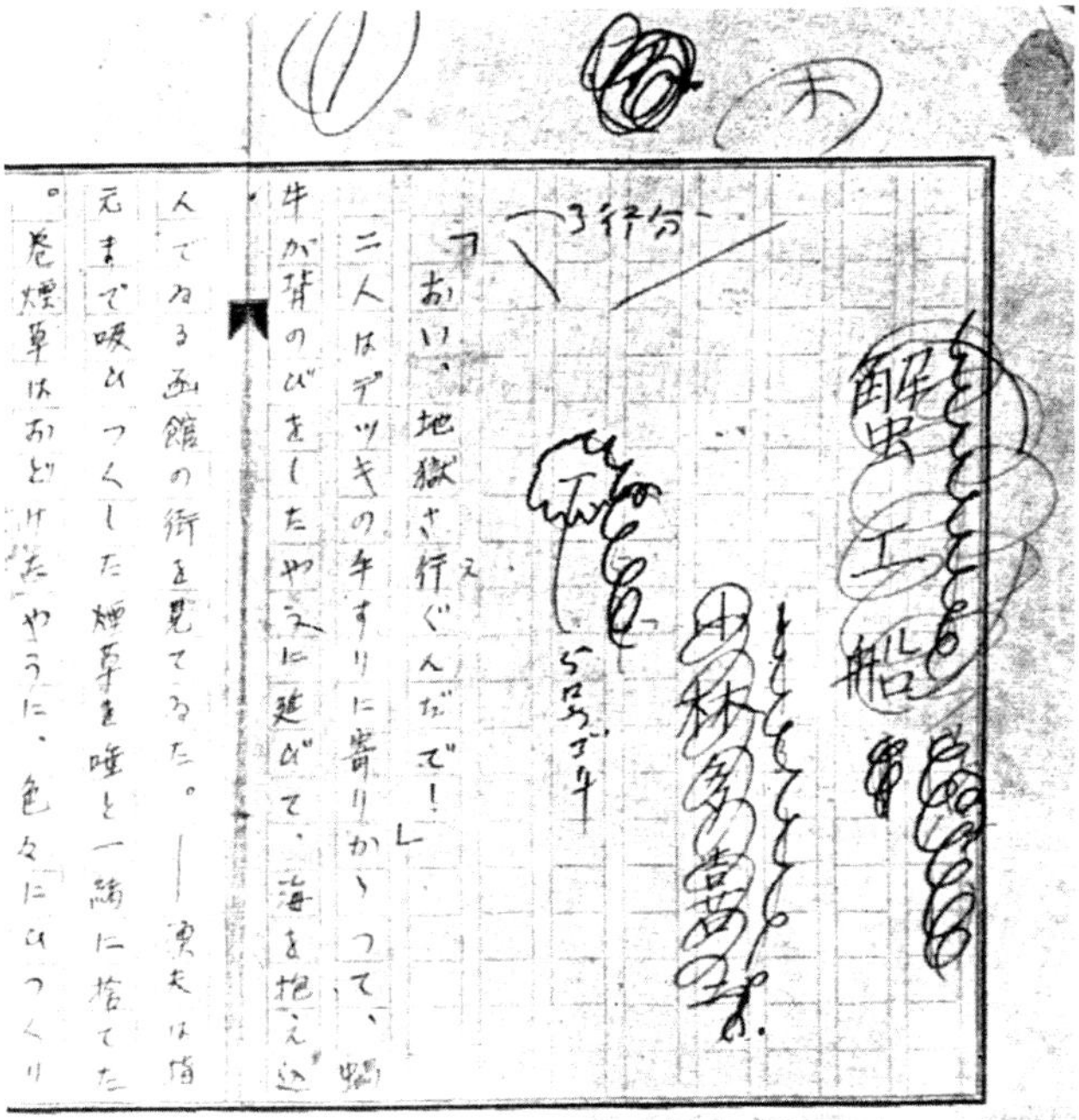

蟹工船
小林多喜二

「おい、地獄さ行ぐんだで！」

二人はデッキの手すりに寄りかゝつて、蝸牛が背のびをしたやうに延びて、海を抱え込んでゐる函館の街を見てゐた。——漁夫は指元まで吸ひつくした煙草を唾と一緒に捨てた。巻煙草はおどけたやうに、色々にひつくり

▶『蟹工船』の手書き原稿

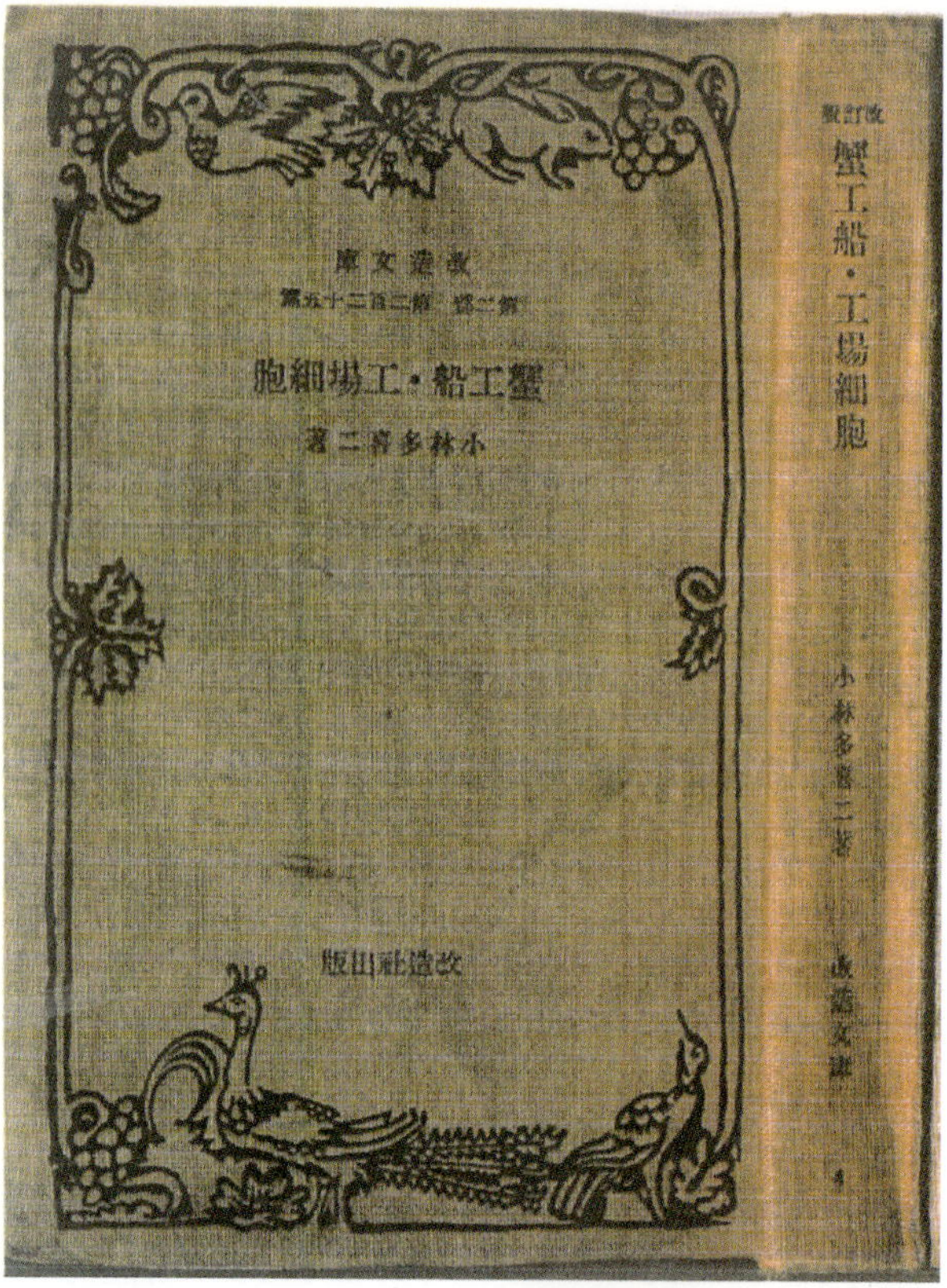

◀改造文庫版『蟹工船』表紙。背の上部に「改訂版」とある（昭和八年五月三〇日発行）

◀新潮文庫版『蟹工船』表紙（昭和八年七月一二日発行第一六版）

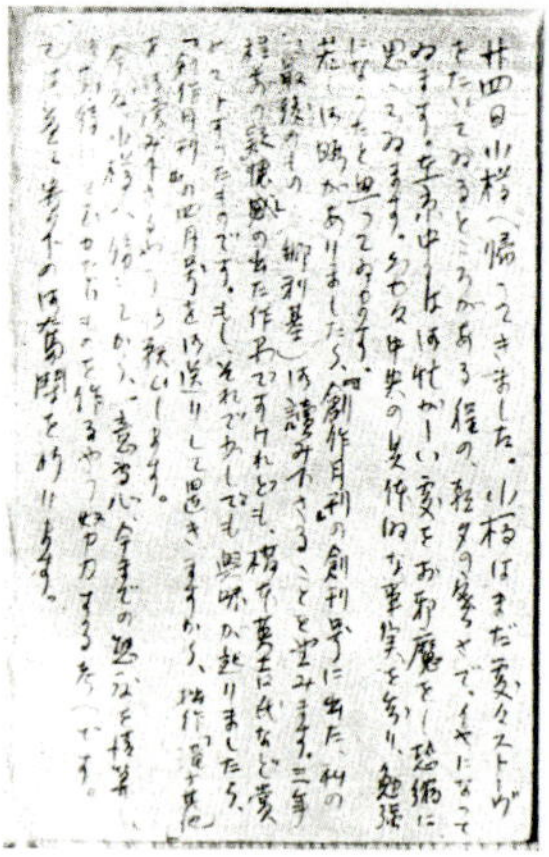
廿四日小樽へ帰ってきました。小樽はまだ寒くストーヴをたいてゐるところがある程の、寒さで、イヤになってゐます。上京中はいろいろ忙がしい處をお邪魔をし恐縮に思っております。[illegible]中央の[illegible]な事実を知り、勉強になったと思っております。
若し暇がありましたら、四月「創作月刊」の創刊号に出た、私の「最後のもの」（[illegible]）は読み下さることを望みます。二年程前の[illegible]の出た作品ですけれども、[illegible]氏など賞とってもらったものです。もしそれでおかしくても興味が起りましたら、「創作月刊」の四月号をお送りして置きますから、拙作「[illegible]」[illegible]
[illegible]

◀蔵原惟人宛の手紙

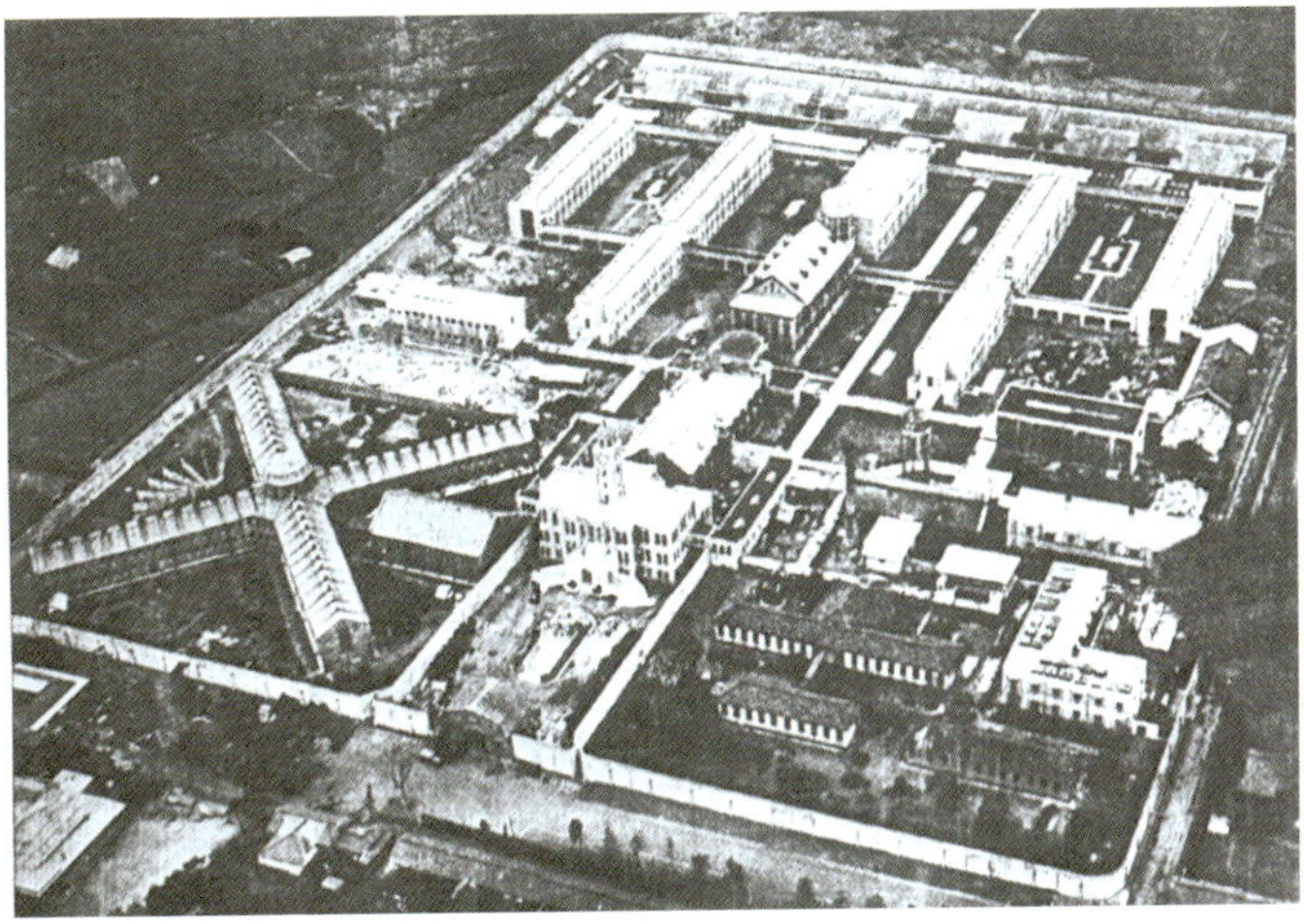

▶当時の豊多摩刑務所。左下の十字舎房には多喜二をはじめ多くの思想家が収監された

▶「走る男」にも描かれた刑務所の時計台

1915 年	豊多摩監獄（東京都中野）
1922 年	豊多摩刑務所
1923 年	関東大震災で大きく破損
1925 年	治安維持法の公布 思想犯の収監が 45 年まで続く
1930 年	多喜二が勾留される
1932 年	大月が勾留される
1956 年	中野刑務所
1983 年	解体

▶現存する刑務所表門

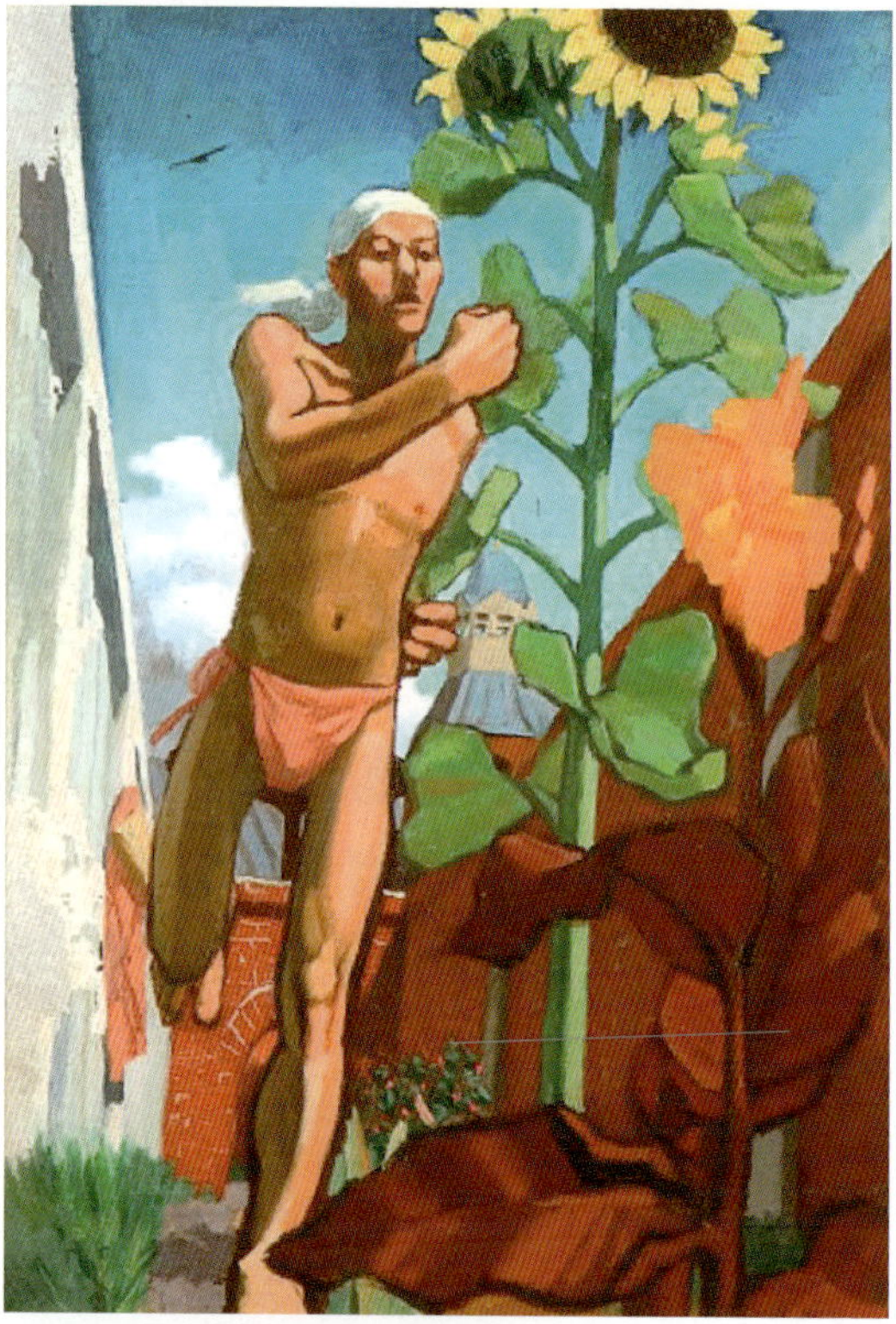

◀大月源二画「走る男」（一九三六年）

◀大月源二画「自画像」（一九三六年）

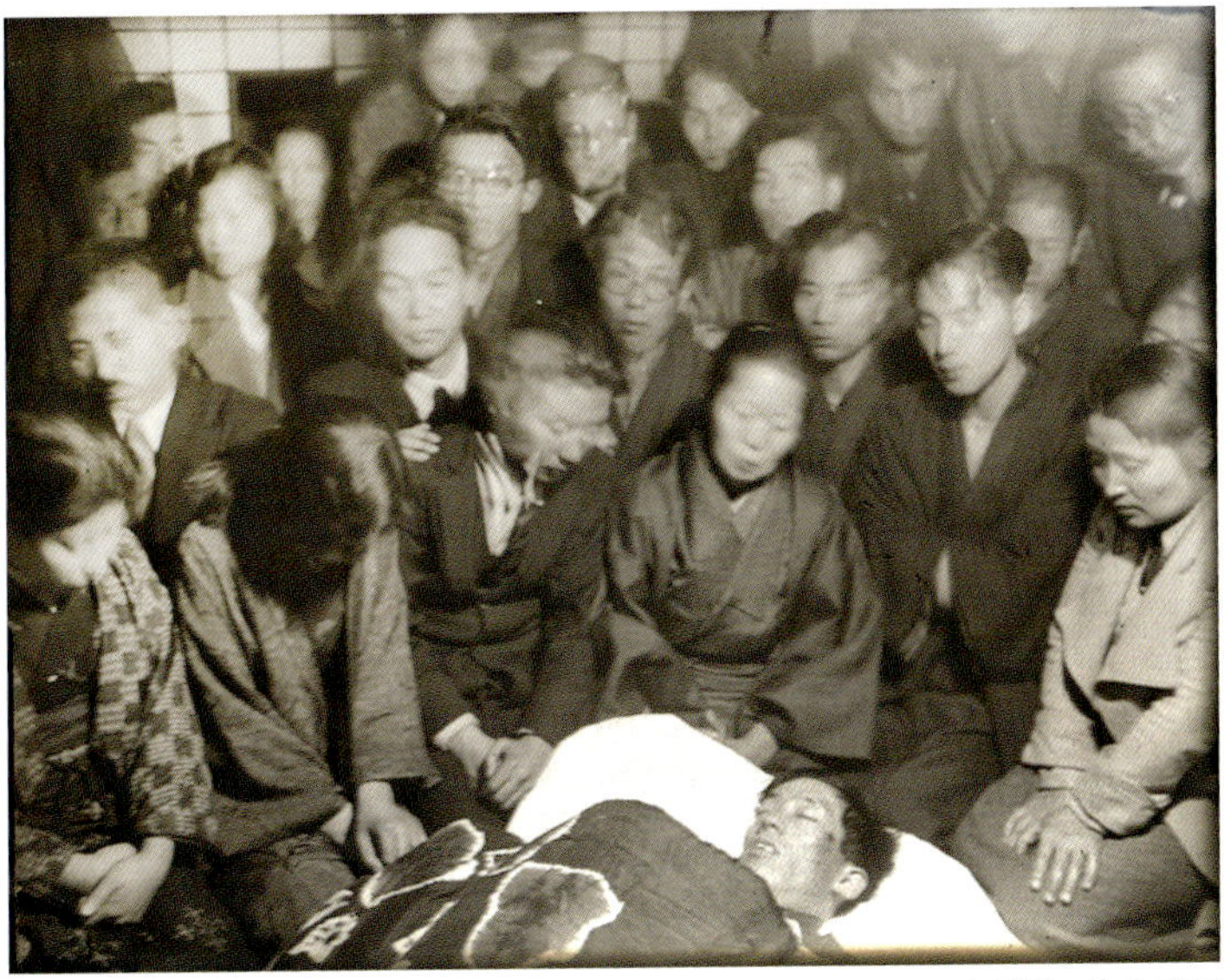

▲多喜二の遺体を囲む親族と友人（1933 年 2 月 21 日貴司山治撮影　© 伊藤純）

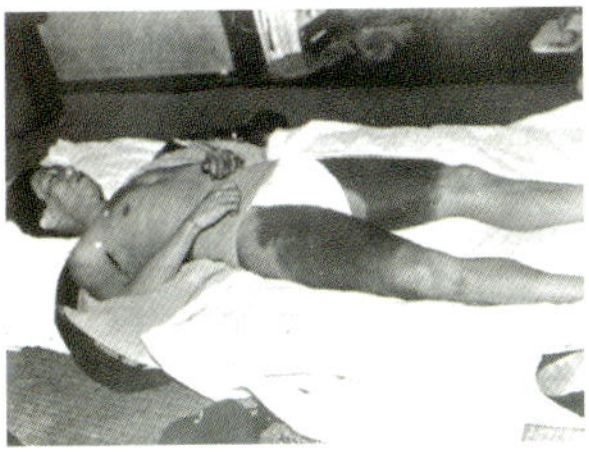

▲痛ましい拷問の痕

▲労農葬が行われた築地小劇場
（画像は 1924 年創立当時）

◀小樽の旭展望台にある小林多喜二文学碑（制作・本郷新）

冬が近くなると
ぼくはそのなつかし
い国のことを考えて
深い感動に捉えら
れている　そこには
運河と倉庫と税関と
桟橋がある　そこで
は　人は重つ苦しい
空の下を　どれも背
をまげて歩いている
ぼくは何処を歩いて
いようが　どの人を
も知っている　赤い
断層を処々に見せて
いる階段のように山
にせり上つている街
を　ぼくはどんなに
愛しているか分らな
い

▲碑文は 1930 年 11 月、多喜二が獄中から村山知義の妻籌子にあてた手紙の一節

▲山田信義 画
「Untitled 2017-1」

図版の収録にあたっては下記にご協力をいただきました。
伊藤純氏、大月書店、学習の友社、市立小樽美術館、
市立小樽文学館、新日本出版社、中野区、山田信義氏

『蟹工船』消された文字

―多喜二の創作「意図」と「検閲」のたくらみ―

目次

カバーデザイン　藤森瑞樹
DTP組版　えびす堂グラフィックデザイン

はじめに

それはまったく思いもよらないとしか言いようのない足取りで、不意に向こう側から筆者の前に歩み寄ってきた機縁というものであった。機縁とは大方がそういうものなのであろうが、筆者の場合は以下のような経緯をたどってやってきたのである。

北海道で早くに結成されていた年金者組合（道本部　一九八九年三月）のなかに、すでに逝去されている井上ひさし・奥平康弘・加藤周一ほか、大江健三郎・澤地久枝らの諸氏が二〇〇四年六月に創立した「九条の会」の「呼びかけ」に応えて、「北海道高齢者等九条の会連絡会」を立ち上げていた（〇六年二月）。そして、この会の活動が八〇歳を超える高齢者（一九四五年当時二〇歳であった）たちにもふさわしくすすめられるよう、戦争体験の実相を若い世代に伝え、知らせる営みを発信しようと、連絡会の運営会議で決めたのである。これを事務局会議で検討し、会員から戦場と銃後（戦場後方の一般の人々）の体験を綴っていただき、これを記録集にして刊行して広め、またその「語り部」を募って一団を構え、道内一円に伝えてゆくことにしたのである。

早々に編集委員会を設けてその作業に取りかかるが、戦争体験を綴る行為は当時の自分と正面から向き合う妥協を許さない作業になってゆくから、記録を綴ろうとしてもまるで書けなくなってしまって沈黙するか、途中で書けなくなったままどうにもならず筆を擱《お》いたり、送り届けられた当初の記録の一部や文言などの削除・訂正を申し出てきたりするなど、その作業の難しさ、厳しさ、重たさに身の引き締まる思いであった。それだけに、一つひとつの記録が戦争と平和、人権のこの上ない大切さ、そして一人ひとりの侵されてはならない尊厳の重たさを考えるうえで、貴重な機会を与える記録集になるに違いないと、編集委員のみんなはそう確信したのであった(〇八年一一月刊行、〇九年同月五刷)。

その当時、筆者はこの記録集『明日への伝言　戦火を生き抜いた31人の証言』の編集委員長をしていたのだが、編集作業のさなか、寄稿された手記の中に、学生だった一九四三年の春休み、帰省中の青函連絡船(1)内で私服の警官による突然の所持品検査を受け、ゼミの教官から寄贈の文庫本『蟹工船』を没収される無法の体験を綴った記録があった。この文庫本がどこから発行されているものなのか、当の本人も記憶が定かでないというので調べてみると、一九三三(昭和八)年の四月に新潮文庫(『不在地主』併載)で、五月には改造文庫(『工場細胞』同上)で出版されていることが判明した。しかし、そのいずれの文庫本もなかなか見つからず、捜しあぐねていた。

思いたって筆者は、小林多喜二のコーナーを設けて紹介している市立小樽文学館を小樽在住の卒業生古澤勝則君(八八年からの「多喜二祭」実行委員会二代目事務局長。当時この地の市議)に訪ねてもらうと、何とそこの書庫に『蟹工船』収載の改造文庫(一九三三年五月二五日印刷、同三〇日発行。背表紙の上辺に「改訂版」の印字。口絵ii頁参照)が所蔵されていたのである。

古澤君の働きかけによるものであったろうか、それはまったく思いもよらないことであったが、この文庫版『蟹工船』全文のコピーが古澤君から送り届けられてきたのである。

当初、筆者は捜し求めている文庫本の所蔵の有無をかれに確かめてもらい、それが分かってからこの文学館を訪ねる予定でいたので、これはまさしく青天の霹靂ならぬ予期もしない何ともありがたい贈り物であった。しかも、それはここの館長をしていた故小笠原克《まさる》(2)からの寄贈によるもので、「平成九(九七)年七月一二日」の登録印もある貴重な所蔵本であった。

早速手に取って見ると、それは伏字(×××)だらけの検閲本であった。どこがどんなふうに、どのような意図・理由で伏字にされているのか、わたしは書棚の岩波文庫(『蟹工船』がこの文庫本に収められたのは一九五一年で、第一刷は同年一月一七日)を取り出して、胸奥《むなおく》にふくらむ興に引きずられるままに見較べみくらべしていた。どれほどの時間が過ぎたであろうか、気がついてみると、いつの間にかその全文を照合するような仕儀になっていたのである。

以下は、その照合してみた対照表である(3)。

■『蟹工船』収載の改造文庫版と岩波文庫版にみる伏字の対照表

改造文庫版

頁	行	該当の表現箇所
15	3	彼はその時壁の後から、×[1]××××××× ××出来る炭鉱夫の
20	5	カムサツカで×[2]×の任に当る×[3]××
22	1	重大な×[4]×を持つてゐる
	2	ともかくだ、×[5]×××××××××のため に
	4	始終×[6]×××××が
	9	酔払つた×[7]×××××は
	10	行つた。×[8]×が
	11	石ころみ×[9]××××××××、
	12	勝手な×[10]×××××××のために、×[11]×は
23	2	×[12]×××てしまつて、……外しながら、 ×[13]××××××××××、低い声で云つた。 「×[14]××まふか!?
27	5	「×[15]×××××、××××××。×[16]×××× ×××××、×××××××××××。」

岩波文庫版

頁	行	該当の表現箇所
14	4	彼はその時壁の後から、**助ければ助けるこ** **と**の出来る炭鉱夫の
18	7	カムサツカで**警備**の任に当る**駆逐艦**
19	13	重大な**使命**を持っている
	14	ともかくだ、**日本帝国の大きな使命**のため に
	16	始終**我帝国の軍艦**が
20	6	酔払った**駆逐艦の御大**は
	7	行った。**水兵**が
	8	石ころみ**たいな艦長を抱えて**、
	9	勝手な**ことをわめく艦長**のために、**水兵**は
	12	**艦長をのせて**しまって、……外しながら、 **ちらっと艦長の方を見て**、低い声でいった。 「**やっち**まうか!?
24	2	「**貴様らの一人、二人が何んだ。川崎一艘と** **られてみろ、たまったもんでないんだ。**」

頁	行	該当の表現箇所
30	10	「[17]××××××××××××××、××××××××××××××××、浅ツてなれば、
34	9	「[18]××××せつて、
	10	[19]×××××？
35	5	一週間も××[20]になる
	5	一日でも××[21]てみろ！　それに[22]×××××××××××××××るんだ。[23]××××、××××××××××るんだ。」
	11	持ち出して、[24]×××との大相撲
39	8	この仕事を「[25]××××のため」
	11	同じ時に、[26]××××××××、
44	7	ハッキリ××[27]でゐた。
45	2	[28]×××けることが
60	9	(×[29]を締める
	10	分る？――[30]××××、
61	4	――分る？　[31]×××の国
	6	――分る？　[32]×××ちっとも

頁	行	該当の表現箇所
26	12	「**天皇陛下は雲の上にいるから、俺たち**《（達）》**にャどうでもいいんだけど**、浅ってなれば、
29	13	「**余計な寄道**せって、
	14	**誰が命令した**？
30	5	一週間も**フイ**になる
	5	一日でも**遅れ**てみろ！　それに**秩父丸には勿体ないほど**《（程）》**の保険がつけてあ**るんだ。**ボロ船だ、沈んだらかえって得す**るんだ。」
	13	持ち出して、**国と国**との大相撲
33	13	この仕事を「**日本帝国**のため」
	16	同じ時に、**秩父丸の労働者が、**
37	12	ハッキリ**死ん**でいた。
38	3	**なぐりつ**けることが
50	6	(**首**を締める
	7	分る？――**日本の国**、
	13	――分る？　**ロシア**の国
	16	――分る？　**ロシア**ちっとも

	7	「恐ろしい」「[33]××」といふ
	8	それが「[34]××」なら、
62	10	[35]「××、××、まだ駄目、
63	1	恰好。）—[36]××、[37]×××ばかり。
	4	[38]「××、[39]×××、やる。……うれしい。[40]×××、
		みんな嬉しい
66	4	雑夫を[41]××××××××××。
	6	雑夫の[42]×（××××）がローソクのやうに
	7	と、[43]×××、すっかり[44]×に……雑夫は[45]×
		××××××
	8	と、[46]××××、　××××××××××××
		×××た。
	9	つかへる[47]×××××××。
	12	女の話や、[48]×××××××の話……一枚の
		[49]××が
67	5	[50]××××
		[51]××××××××
		[52]××××
		[53]××××××

51	1	「恐ろしい」「**赤化**」という
	2	それが「**赤化**」なら、
	16	「**日本**、**まだ**、まだ駄目。
52	3	恰好。）—**日本**、**働く人**ばかり、
	7	「**日本**、**働く人**、やる。……うれしい。**ロシア**、
		みんな嬉しい
54	11	雑夫を**抱きすくめてしまった**。
	14	雑夫の**二本の足**がローソクのように
	14	（と、）**下半分が**、すっかり**裸**に……雑夫は**そ**
		のまま蹲んだ
	16	と、**その上に**、**漁夫が墓のように覆いかぶ**
		さった。
55	1	つかえる**瞬間に行われた**。
	5	女の話や、**露骨な女の陰部**の話……一枚の
		春画が
	8	**床とれの**、
		こちら向けえの、
		口すえの、
		足をからめの、

頁	行	該当の表現箇所
		[54]××××
		[55]×××、×××××××××
68	4	ゴロ〱させた。「[56]×××、[57]×××××！」
	6	さう云つて、[58]×××××××××××なが
		ら、[59]×で起き上がつてきた。……漁夫の、
		[60]×××××××××、身体の
	9	[61]××をする……時、[62]×××××なつて[63]××
		をする……棚の隅に、[64]×××××××××
		×××××、しめつぽく
	12	雑夫の方へ「[65]×××」が
72	12	さうだ。[66]××の船には
75	3	「[67]×××のためか、
78	7	無茶な「[68]××」が出来た
	8	部屋では、[69]×××××××××、が×××
		××××。
	9	捕まると、[70]×××××××××置いて、[71]×
		×××××らせたり、裏庭で[72]××××××

頁	行	該当の表現箇所
		気をやれの、
		ホンに、つとめはつらいもの。
56	3	ゴロゴロさせた。「**駄目だ、伜が立って！**」
	5	そういって、**勃起している睾丸を握り**なが
		ら、**裸**で起き上がってきた。……漁夫の、
		そうするのを見ると、身体の
	8	**夢精**をする……時、**たまらなく**なって**自瀆**
		をする……棚の隅に、**カタのついた汚れた**
		猿又や褌が、しめっぽく
	11	雑夫の方へ「**夜這い**」が
59	15	そうだ。**露国**の船には
61	11	「**日本帝国**のためか、
64	3	無茶な「**虐使**」が出来た
	5	部屋では、**虱より無造作に土方**、が**タタき**
		殺された。
	6	捕まると、**棒杭にしばりつけて**置いて、**馬**
		の後足で蹴らせたり、裏庭で**土佐犬に噛み**

頁	行	
		××せたり
79	1	土佐犬の[73]××××××××××××××。
		……からも、[74]××の
	4	すると、[75]×××が焼ける
80	3	殊に[76]××人の親方……、同じ仲間の土方
		[77]（××人の）からも
	5	駐在してゐる[78]××が
	9	一本々々労[79]××の青むくれた[80]「××」だつた。
	10	土工が[81]×××ま丶、「人柱」のやうに[82]××ら
		れた。
81	1	巧みに[83]「×××」×××××といふことに
	2	抜目がなかつた。[84]「××」のために、
		[85]××××[86]「×××××」[87]「××××されて」行
		つた。
	9	「労働者」を、[88]××××××××と同じ方法
		で
	10	労働者の[89]××が
	12	石炭の中に[90]×××××が
83	1	貧農を[91]××××、[92]×××××××置きなが

頁	行	
		殺させたり
	10	土佐犬の**強靭な首で振り廻されて死ぬ**。
		……からも、**身体**の
	13	すると、**人の肉**が焼ける
65	9	殊に**朝鮮**人の親方……、同じ仲間の土方（**日**
		本人の）からも
	11	駐在している**巡査**が
	16	一本一本労**働者**の青むくれた「**死骸**」だった。
66	1	土工が**生きた**まま、「人柱」のように**埋め**ら
		れた。
	5	巧みに「**国家的**」**富源の開発**ということに
	6	抜け目がなかった。「**国家**」のために、
		労働者は「**腹が減り**」「**タタキ殺**されて」行
		った。
	14	「労働者」を、**乃木軍神がやった**と同じ方法
		で
	16	労働者の**肉片**が、
67	2	石炭の中に**拇指や小指**が
	15	貧農を**煽動して、移民を奨励して**置きなが

頁	行	該当の表現箇所
		ら、
93	3	次の春には[93]××する
	12	作業中に[94]××したり、
95	3	毎日の[95]××な
	6	横切つて、[96]×××が南下……後尾に[97]×××
		×がはためく
100	5	[98]×××にかつれて
	7	[99]×××缶詰で
109	7	午過ぎ、[100]×××が
	8	見とれながら、[101]×××について
	9	[102]×××からは……[103]××連が
110	3	若い[104]××が
112	12	囲んだ。―[105]×××のことから
113	8	[106]××連はそれでも[107]×××に
	12	[108]×××は翼をさめた
115	10	その夕方、[109]×××が
	11	急がしく[110]××が、……[111]×尾の旗

頁	行	該当の表現箇所
		ら、
68	2	次の春には**餓死**する
76	12	作業中に**卒倒**したり、
77	13	毎日の**残虐**な
	15	横切って、**駆逐艦**が南下……後尾に**日本の**
		旗がはためく
81	14	**おそそ**にかつれて
	16	**おそそ**缶詰で
88	16	午過ぎ、**駆逐艦**が
89	1	見とれながら、**駆逐艦**について
	2	**駆逐艦**からは……**士官**連が
	9	若い**士官**が
91	12	囲んだ。―**駆逐艦**のことから
92	5	**士官**連はそれでも**駆逐艦**に
	9	**駆逐艦**は翼をおさめた
94	1	その夕方、**駆逐艦**が
	2	急がしく**水兵**が、……**艦**尾の旗

116

4 「×[112]×や船長……今度ロシアの×[113]×へこつそ
り×[114]×して×[115]をするさうだ
5 それで×[116]（××）が……側にゐて×[117]をして
くれる
8 どうしても×[118]×××××××××。×[119]×
××は支那や×[120]×ばかり
10 ×[121]×をウマク
12 それでさ、×[122]××が蟹工船の×[123]××××す
る

117

1 そればかりの×[124]×でなくて
2 するのが、×[125]×××××××、×[126]×××
××××××××××××。
3 だが、×[127]×××××××に、コツソリ×[128]×
を×んだり、×[129]×を×んだりして
4 今迄の×[130]××××××××、
5 金持の（そのかはり×[131]××の）×[132]×××
だけは
6 こぢつけて×[133]したもんだとよ。何んしろ×[134]
××××××××××××××、

95

8 「**士官**や船長……今度ロシアの**領海**へこっそ
り**潜入**して漁をするそうだ
9 それで**駆逐艦**が……側にいて**番**をしてくれ
る
12 どうしても**日本のものにするそうだ。日本**
のアレは支那や**満洲**ばかり
14 **政府**をウマク
16 それでさ、**駆逐艦**が蟹工船の**警備に出動**す
る
1 そればかりの**目的**でなくて
2 するのが、**かえって大目的で、万一のアレ**
に手ぬかりなくする訳だな。
3 だが、**千島の一番端の島**に、コッソリ**大砲**
を**運**んだり、**重油**を運んだりして
5 今までの**日本のどの戦争でも、**
6 金持の（そのかわり**大金持の**）**指図で、動**
機だけは
7 こじつけて**起**したもんだとよ。何んしろ**見**
込のある場所を手に入れたくて、

頁	行	該当の表現箇所
123	8	どんなに×[135]されたくなかったか、
	10	「では、誰が×[136]したか？
	11	山田君を×[137]した
124	11	監督は、直ぐ×[138]××げる
125	5	×[139]さ投げられる
	7	「同じ×[140]でも
133	4	「×[141]されたくない
	9	最後に「×[142]されたくない
	10	自分達が×[143]×しにされる
134	3	コッソリ×[144]×××で印刷した「×[145]×宣伝」 の
	4	「×[146]××が沢山
	8	「×[147]××」に出来るか、
135	9	ロシア×[148]×××入つて、
	10	その連中も「×[149]×」のことを
137	9	示すときは×[150]×される
138	7	だつた—×[151]×内に入つて×[152]を

頁	行	該当の表現箇所
100	5	どんなに**殺**されたくなかったか、
	8	「では、誰が**殺**したか？
	9	山田君を**殺**した
101	6	監督は、直ぐ**海に投**げる
	12	**海**さ投げられる
	15	「同じ**海**でも
108	1	「**殺**されたくない
	7	最後に「**殺**されたくない
	9	自分たちが**半殺**しにされる
	15	コッソリ**日本文字**で印刷した「**赤化**宣伝」 の
	16	「**日本人**が沢山
109	4	「**日本人**」に出来るか、
	16	ロシア**の領海内に**入って、
110	2	その連中も「**赤化**」のことを
111	12	示すときは**銃殺**される
112	8	だった—**領海**内に入って**漁**を

9 船を[153]×××に転錨
10 それが[154]××××××に
158 7 その瞬間、「[155]××××××！」「[156]×××××！」
「[157]××！　×××××！」
159 4 漁夫が、[158]×××がやつてきた
7 要求などを、[159]×××に
11 「[160]×××××××。[161]×××××××××だらう。」
160 2 「[162]×××××だつて？
3 「馬鹿な！——[163]××××××××××××××、
4 「[164]×××が来た！」「[165]×××が来た！」
6 いきなり、「[166]××××××」
9 分らなかつたが、[167]×××からは三[168]××　××
が出た。……十五、六人の[169]××が
12 叫ッ！　[170]××をして……帽子の[171]××を
161 2 次の[172]××からも……その次の[173]××からも、
やつぱり[174]××××に、[175]××した、[176]××をか
けた[177]××！　それ等は[178]×××××××××
×××、×××××××××くると、
9 「不[179]×者」「[180]××の真似をする[181]×××」

10 船を**領海内**に転錨
11 それが**露国の監視船**に
128 6 その瞬間、「**殺しちまい！**」「**打ッ殺せ！**」「**の**
せ！　のしちまえ！」
129 2 漁夫が、**駆逐艦**がやってきた
6 要求などを、**士官たち**に
9 「**我帝国の軍艦だ。俺たち国民の味方**だろう。」
12 **国民の味方**だって？
13 「馬鹿な！—**国民の味方でない帝国の軍艦**、
14 「**駆逐艦**が来た！」「**駆逐艦**が来た！」
16 いきなり、「**帝国軍艦万歳**」
130 3 分らなかったが、**駆逐艦**からは三**艘汽艇**
が出た。……十五、六人の**水兵**が
6 叫ッ！　**着剣**をして……帽子の**顎紐**を
8 次の**汽艇**からも……その次の**汽艇**からも、
やっぱり**銃の先き**に、**着剣**した、**顎紐**をか
けた**水兵**！　それらは**海賊船にでも躍り込**
むように、**ドカドカッと上って**くると、
15 「**不忠者**」「**露助**の真似をする**売国奴**」

頁	行	該当の表現箇所
162	10	九人が[182]×××××××××、[183]××××××××××××。
	3	俺達しか、[184]××が無えんだな。
	4	「[185]××××だなんて……云つたつて[186]××××××××、[187]×××××？
	6	[188]××達は
	6	その間中、[189]×××……一緒に[190]×××××。
	8	今度こそ、「[191]×××」であるか
	10	蟹缶詰の「[192]×××」を作る
	10	然し「[193]××××」何時でも、別に[194]××××××××わけでも
	12	思つて來た。—[195]××、×××××××××××××。
163	1	「[196]××××××××××××××××××。フン、さぞ[197]××××××。[198]××××××つてから、[199]×××××××いゝさ。」
	3	皆そんな[200]×××××た。

頁	行	該当の表現箇所
131	16	九人が**銃剣を擬されたまま、駆逐艦に護送されてしまった。**
	5	俺たちしか、**味方**が無えんだな
	6	「**帝国軍艦**だなんて……いったって**大金持の手先でねえか、国民の味方**？
	8	**水兵**たちは
	8	その間中、**上官連**……一緒に**酔払っていた。**
	10	今度こそ、「**誰が敵**」であるか
	13	蟹缶詰の「**献上品**」を作る
	14	しかし「**乱暴にも**」何時でも、別に**斎戒沐浴して作る**わけでも
	15	思って来た。—**だが、今度は異ってしまっていた。**
132	1	「**俺たちの本当の血と肉を搾り上げて作るものだ。**フン、さぞ**うめえこったろ。食ってしまってから、腹痛でも起さねば**いいさ。」
	3	皆そんな**気持で作った。**

	4	「×[201]×××××××××！——×[202]××××× ×！」
164	2	監督だつて、×[203]××に×[204]×は××なかつたらう。……×[205]×××しまふ
	6	本当に×[206]されるよ。
	9	若し×[207]××を呼んだら
166	2	二、三の船から「×[208]×××」の
	7	雑夫等が×[209]××の門から

	4	「**石ころでも入れておけ！——かまうもんか！**」
	15	監督だって、**駆逐艦**に**無電**は**打て**なかったろう。……**引き渡して**しまう
133	2	本当に**殺**されるよ。
	6	もし**駆逐艦**を呼んだら
134	11	二、三の船から「**赤化宣伝**」の
135	3	雑夫らが**警察**の門から

＊括弧内のルビは『定本小林多喜二全集』第四巻（新日本出版社　一九六八．二．二八）により照合したもの。
＊伏字の箇所　二〇九箇所、文字数　一〇二七文字（句読点等は除く）。
＊伏字（×）の右肩の数字はその該当番号を示したもの。

ここまで来てしまうと、このまま今の作業を止めていいものか？……何かしら後ろから背中一面を両の掌《てのひら》でゆるりと押し出されているような不思議なちからが意識されて、自分の前に広がるとてつもない深い森に踏み迷う不安に途惑いながらも、これまで無心にすすめてきた作業の間、内心に少しずつふくらんでくる止みがたい思いがあった。いまそれが、自分にもまだ何ともわからない未解明の世界を手探りでたどりすすめてゆくのは、筆者の課題であるように思えてくるのを知るのであった。そして、この作業こそが、すでに触れた古澤君と小樽文学館からのご好意にまっすぐ応えてゆく妥協を許さない仕事になるのだと、そして、この届けられた改造文庫版『蟹工船』そのものが、実は筆者をそうするように後押しし続けている紛う方ないちからなのだったと、そう思えてくるのである。

そうとあれば、このことを胸奥にしっかり刻んでこの作業がそういう営みとして続けられてゆくように、間断なくみずからに問い、確かめたしかめしつつ筆をすすめてゆこうと思うのである。

(1) 一九〇八年から一九八八年までの間、青森駅と津軽海峡を隔てた函館駅との間を結んで就航した鉄道連絡船で、国鉄民営化後間もなく開業した青函トンネルにその役割を譲って終航した。

(2) 元藤女子大学教授。九七年四月から九九年一二月まで市立小樽文学館館長。同年一二月九日没。近代文学研究の評論は定評があり、とりわけ北海道の文学の理論的構築に寄与する。

著書に『北海道風土と文学運動』（北海道新聞社　七八年）『小林多喜二』（作家の自伝51　日本図書センター　九七年）、『野間宏論』（講談社　七八年）などがある。

（3）改造文庫版の漢字は「常用漢字表」にある新字体に改めた。なお、以下の引用文中の漢字も同様に現行の字体に改める。仮名づかいは原文の趣・味わい等もあるのでそのままとする。

I 『蟹工船』執筆の「意図」

1. 周到な事前調査の下にすすめられた執筆

『一九二八年三月十五日』（以下、『三月十五日』）をその年の『戦旗（1）』一一月号と一二月号に分載して発表した（2）小樽在住の二五歳の青年銀行員（北海道拓殖銀行小樽支店の為替課勤務。口絵i頁参照）は、八月の脱稿に続いて九月には『東倶知安行《ひがしくっちゃん》（3）』を書き終え、二七年の春頃から周到な調査をすすめていた、前年の蟹工船「博愛丸」などで実際に起きた漁夫・雑夫への嗜虐的な虐待、拷問事件の記録をもとに、これらを素材にした小説『蟹工船』の執筆（口絵i頁参照）を一〇月二八日から始めている。

2. 蔵原惟人宛ての手紙で明かした創作意図

脱稿したのは二九年三月三〇日であった（4）が、それは『三月十五日』同様、特定の主人公を登場させることはせずに「集団」を主人公にして描いた作品であった。しかし、そこでは『三月十五日』で採ったような、登場する人物たちのそれぞれに即して、さまざまに対応したりして運動を担って活動をする多様なタイプを描き分けてゆく手法をやめ、名前も容貌・容姿も、個性も心理描写も一切描かず、個人としてのリアリティをもたない人間の描写に徹することで、非人間化された機械部品でしかない存在たちの集団の真相を形象化するための表現法をことさらに選んでいる。

そのことは、この作品を書き上げた翌日、原稿と一緒に蔵原惟人宛てに届けた「手紙[5]」（口絵ii頁参照）の中で、「この作品における自分の意図を……のべて」明らかにしているところでもある。

……この作には「主人公」というものがない。……労働の「集団《グループ》」が、主人公になっている。その意味で、「一九二八・三・一五」よりも一歩前進していると思っている。……色々な点で冒険であり、困難があった。とにかく、「集団」を描くことは、プロレタリア文学の開拓しなければならない道で……当然、この作では「一九二八・三・一五」などで試みたような、各個人の性格、心理が全然なくなっている。……しかし、そのためによくある片輪な、それから退屈さを出さないために、考顧したはずである。（中略）

この作には、モ・ボ（モダン・ボーイ――引用者）式の「明るさ」も「テンポの軽快さ」もない。またその意味での小手先の、いかにも気のきいたところもない。……ただ労働者的であることにつとめた。

このように、多喜二はその当時の「プロレタリア文学」が「インテルゲンチヤ風の」

「労働者的」作風に欠け（この「手紙」の中で『戦旗』には、ことに〈殊に——引用者〉かけ〈欠け——同上〉ていはしないだろうか」と、疑問を呈している）、「モダン・ボーイ式であり過ぎ」る傾向(6)に警戒的であった。それだけに自分たちの目指す文学がその対象とする人々に多く読まれ、「現実に労働している大衆を心底から揺り動かすだけの力」をもつものとして創造されなければならないと考え、今回試みた「この作品が」「『集団』を描く……プロレタリアの文学の開拓……の一つの捨石に……なれれば」いいという願いを込めて、この作品を執筆しているのである。それは、さらに「大衆を心底から揺り動かす」プロレタリア文学への自覚的な志向であり、多喜二の自戒を込めたあらたな挑戦であったといえよう。

「手紙」は、続けてこの作品の「意図」を次のように明らかにしてゆく。

……この作は「蟹工船」という、特殊な一つの労働形態を取扱っている。が、蟹工船とは、どんなものか、ということを一生ケン《ママ》命に書いたものではない。Ⓐこれは殖民地、未開地に於ける搾取の典型的なものであるということ。Ⓑ東京、大阪等の大工業地を除けば、……日本の労働者の現状に、その類型が八〇パア《ママ》セントにあるということ……。Ⓒ更に、色々な国際的関係、軍事関係、経済関係が透き通るような鮮明さで見得《みう》る便宜があったからである。

……この作では未組織な労働者を取扱っている。——作者の把握がルムペンにおち入ることなく、描き出すことは、未組織労働者の多い日本に於て、また大学生式「前衛小説」の多いとき、一つの意義がないだろうか。

……労働者を未組織にさせて置こうと意図しながら、資本主義は、皮肉にも、かえってそれを（自然発生的にも）組織させるということ。

資本主義は未開地、殖民地にどんな「無慈悲な」形態をとって侵入し、原始的な「搾取」を続け、官憲と軍隊を「門番」「見張番」「用心棒」にしながら、飽くことのない虐使をし、そして、如何に、急激に資本主義化するか、ということ。

……プロレタリアは、帝国主義的戦争に、絶対反対しなければならない、という。しかし、どういうワケでそうであるのか、……今これは知らなければならない。緊急なことだ。ただ単に軍隊内の身分的な虐使を描いただけでは人道主義的な憤怒しか起すことが出来ない。その背後にあって、軍隊自身を動かす、抵抗主義の機構、帝国主義戦争の経済的な根拠、にふれることが出来ない。

帝国軍隊――財閥――国際関係――労働者。

この三《ママ》つが、全体的に見られなければならない。それには蟹工船は最もいい舞台だった。

以上のことを、一生ケン命に、意図したものです。（以下略）

多喜二が蔵原に「手紙」で語ったこの作品の創作「意図」は、執筆当初からそのように鮮明に構想されていたわけではない。先の蔵原の「解説」によれば、論文「作品と批評」で『三月十五日』を評して、「そこには前衛的な個人は描かれているが、大衆的な集団が描かれていないことを指摘して」いるが、これに答えようと書いて蔵原に送り届けたのがこの作品であった。『三月十五日』を脱稿してから「蟹工船」執筆までの間の経緯はすでに触れているとおりであるが、その年の一二月九日付斎藤次郎宛の書簡(7)をみると、その末尾のところで次のように綴っている。

次の作にかゝっている。百四、五十枚になる積りだ。三分の一しか出来ていない……(中略)……第二作というものは、ドストエフスキーの場合でも、ストリンドベルクの場合でも、「見そこなった」と云わせるものだ。俺のも恐らくそうだろう。だが、そうであろうと、――そうであれば尚、つとめる積りだ。一年二作主義、――一刀一拝の芸術!

(以下略)

ここには多喜二の揺れ動く内面の襞《ひだ》、「第二作」への意気込みと自信・不安の思いが綴られていて、「蟹工船」を書き綴りながら自らと対話を重ね、自分の内に膨らむ作品への構想を組み立てていったのである。蟹工船を作品の舞台に据えて書き始めた多喜二は、今この作品を書き終えてみてはじめて自分の内面深くにふくらんでいた「この作」で描きたかった世界がどのようなものであったか、誰に、何を、どんなふうに、どのような表現の仕方で描いたかが確かめられたのである。多喜二がこれを蔵原に書き送ったのが、先の「手紙」だったのである。

（1）一九二八年五月創刊の全日本無産者芸術連盟「ナップ」の機関誌。
（2）戦旗社編集部はあらかじめ検閲を考慮して、多くの削除と伏字を施して掲載している。立野信之の回想「小林多喜二」（『文芸』一九四九年一一月号）によると、「戦旗」編集委員会の一人から「蟹工船」の誌上発表にあたり、蔵原の指示する本文の添削や加筆の依頼があり、「加筆は題名にまで及」ぶもので、原題の「一九二八・三・一五」に年月日を書き入れ「一九二八年三月一五日」と書き改めたという。そして、この題名がこれ以降使用されてゆくようになった。立野は「今では何のためにそう変えたのか、その時の気持ちは思い出せないし、解らない」と述べている。
（3）一九二八年の総選挙に立候補した山本懸蔵の選挙応援の活動経験をもとに描いた作品。
（4）『定本　小林多喜二全集』（以下、『定本　全集』）第一五巻所収「年譜」参照（編者　小林多喜二全集編集委員会　新日本出版社　六九・一二）。
この「年譜」は手塚英孝によるものであるが、同四巻（六八・二）の『蟹工船』の「解題」では、多喜二の「ノート稿」（手塚所蔵）からこの作品の「執筆の経過」を紹介している。それによると、「三月三十日」の完成稿までにおおよそ次のような作業をたどっていることが記されている。

「一九二八・一〇・二八、起筆す」の書入れの後、「一九二九・三・一〇、午前一時一五分擱筆す。百三十三日間、（六ヶ月間）を要す。約弐百枚、（百八十枚）」の記入が、岩波文庫版の一三三頁八行の「――『今に見ろ！』」（『はじめのノート稿』では、ここで終了）とその稿末になされている。そして、同上の文庫版一三四頁一行にあたるところに、「一九二九・三・二八、訂正、加筆す。」の書入れがほどこされている。また、稿末の「附記」の終りには、「三・二九」の日付があり、全編の最後に「一九二九・三・三〇夜、完了。」と記されている。

この手塚所蔵の「ノート稿」（全一三冊、約一七〇〇頁）は歿（八一年一二月）後に日本共産党中央委員会の所蔵するところとなっていた。二〇一〇年に島村輝（フェリス女学院大学教授）代表をはじめとする八名の委員から成る「小林多喜二直筆資料デジタル版刊行委員会」の方々の並々ならぬご尽力により、この所蔵されていたデータを『草稿ノート・直筆原稿』の中に収め、さらに他に蒐集されたデータとともに収録、これを集成（代表の言によると「デジタル・アーカイブ化」）してＤＶＤにし、広く公開して多くの方々にもみられるような計らいをした。これは、そうすることで直接に多喜二の「直筆原稿」を読み、又その「ノート稿」（「草稿ノート」）をみることで作品形象化への営みをたどり、各自がそれぞれに読み解いてゆくことができるよう配慮された作業の所産であった。

先の手塚の「解題」に見る記録は、このＤＶＤで確かめることができ、どういうふうに記載していたかを、実際の『ノート稿』で検証できるのは、直接に立ち会って確かめる実感とともに、そうしている多喜二の姿が髣髴と浮かんできて、また格別な思いがする。

(5) 蔵原はこの全文を『蟹工船』の「解説」(岩波文庫所収)で紹介している。

(6) この一九二〇年代は、新感覚派、新興芸術派、新心理主義、シュール・レアリズム、ダダイズム、未来派等々の文学思潮が一気に登場して賑々しく展開される時代でもあったが、多喜二はプロレタリア文学が「大衆化のために」と称して、これらの風潮に色づくことに批判的であった。とりわけ新感覚派の描法には、「小手先の『気のきいた』」「明るさ」「テンポの速さ」などの軽さ、浮薄さに流されてゆくそれとして警告するほどに、対抗的であった。

(7) 『定本　全集』第一四巻　頁四三上行一七〜下八(新日本出版社　編者小林多喜二全集編集委員会　六九・一〇)。

Ⅱ 描かれた『蟹工船』の世界

1. 発売禁止にされた『蟹工船』掲載の『戦旗』六月号

蔵原への手紙にみるとおり、多喜二がこの作品を構想して試みた創作意図は明らかである。それは先にも言及したことではあるが、プロレタリア作家として時代の課題に真向かうあらたな挑戦なのであった。多喜二のその熱い思いがまっすぐに伝わってくる、明快な手紙である。

こうして執筆された『蟹工船』の原稿は、その手紙と一緒に蔵原の許に届けられ、その年の『戦旗』五月号（四章まで）と六月号（五章から「付記」まで）に分載された(1)が、後半を掲載した六月号には「天皇ノ尊厳ヲ冒瀆スベキ辞句」（東京区裁判所検事局の「公判請求書」）がある(2)ことから、この号だけ発売禁止にされている。

この「公判請求書」によると、このとき「月刊雑誌『戦旗』ヲ発行シ来リタル」「発行人編輯《しゅう》人及ビ印刷人」の山田清三郎はこの雑誌を「数千部ヲ印刷セシメ」執行されたものであるが、多喜二にも同様に「小樽市――ノ自宅ニ於テ……天皇ノ尊厳ヲ冒瀆スベキ辞句アル小説……ヲ執筆著作ノ上……コレヲ出版セシメ以テ、天皇ニ対シ不敬ノ行為ヲ為シ」たとして起訴されはしたが、二人とも「不拘束のまま」であった。他方、山田はもう一つ、この後さらに「九月二十五日頃『蟹工船』ト題シ……伏字ノ部分ニ該当文詞ヲ充填シタル同一内容ノ書籍約千五百部ヲ……印刷所ニ於テ印刷ノ上……発行シ……以テ天皇ニ対シ不敬ノ行為ヲ為シ」たことに対する「不敬、新聞紙法違反」で起訴され、さらに『戦旗』の発行責任者として治安維持法に問われ、千葉刑務所に服役させせられているのだが、山田はその記録「検挙から豊多摩へ(3)」で、この間の顛末もあわせて綴っている。そこにはこの「不敬の行為」が自分たちの「ゆきちがい」から生じた、あるはずもない、悔やみ切れぬ事故であったことが記されている。ここはその略述である。

九月発行の単行本が「不敬の行為を為し」たとして指摘された「辞句」は、あらかじめ伏字にしてあったものを、「私の知らない間に出版部のものが勝手に『充填』していた」ために、「この充填単行本は警察庁に押収されてしまった」ことが招いた不始末で、山田自身「『暴虎馮河《ぼうこひょうが》』（命知らずの無謀な行動――引用者）に類するもの」であったと、用意周到な備えから思いもかけずに水が漏れてしまった事態に、「出版部のものが勝手にやった」ことだと、何とも悔やみ切れぬいたたまれない思いから、山田をして思わず声をあげさせてしまうことになったのである。

この事件では不拘束だった多喜二は、少し前の五月に地下の共産党に資金援助した「共産党シンパ事件」により治安維持法で八月二一日に起訴されていて、中野にある豊多摩刑務所（以下、豊多摩。後の中野刑務所。口絵ⅲ頁参照）の未決監に収容されるのである。この事件では平野義太郎、三木清をはじめナルプ（作家同盟）の壷井繁治、中野重治、村山知義なども起訴され、多喜二同様に未決のままここに収監されていた。このときすでに釈放されていた山田宛に獄中から、公判期日は未定であったが、「不敬罪」でともに同じ法廷でたたかう相被告同士の意思統一が必要なことから、「三〇年十一月六日付」の書簡が届けられている。「手紙をかいて出してから二十日もしないと分からない」中で、「此処にきてから、直ぐ……長い手紙をかいた……が、何か書き過ぎたらしく不許可になってしまった」不安を綴りながら、これを読んだ山田自身が語っているように、「独房での明け暮れを、……『一九二八年三月十五日』や『蟹工船』の作者にいかにもふさわしい明るくて楽天的なそれを、思い出さないわけにはいかな」い、多喜二の人柄がまっすぐに伝わってくる筆遣いになっていて、読み手の方がこころ励まされる思いにさせられてしまうのである。この書簡は山田の「小林多喜二の『蟹工船』と多喜二の生涯」（『プロレタリア文化の青春像』所収　新日本出版社八三・二）に全文を載せて紹介している（『定本　全集』第一四巻にも収録されている）ので参照されたい。

しかし、この二人の「不敬罪」を問う裁判は予想とは違って別々に審理され、多喜二はそのままに、山田はこの他に治安維持法にもかかわる新聞紙法による『戦旗』の責任者（発行、編集、印刷人）として検挙され、起訴されて東京の法廷に立たされるが、どういうわけか中断され、すでに「シンパ事件」で収監されていた多喜二が三一年一月も下旬の頃に保釈されて帰ってきていたときに、入れ替わるようにこの豊多摩へ送られているのである。

結果的にはこのような経緯をたどってしまうのであるが、多喜二の希望どおりに「一回に全部出して」いたら、この『蟹工船』は『三月十五日』同様、まるごと発売禁止に処せられていたであろう。

「年譜」をみると、この年の九月から、蔵原の「解説」にもあるように、「半年ぐらいの間に、戦旗社から三つの単行本版（九月、一一月改定版、三月改定普及版——引用者）が出ており、……初めの二つの版が発売禁止にされた[4]にもかかわらず、その三つの発行部数の総計は、三五、〇〇〇部におよんでい」たというのである。

発売頒布禁止の処分をされながらこれほどの「発行部数」を数えるのは、「はじめから発売禁止を、予想して手を打っていた」からなのである。山田によると、「発行すると、はたして発売禁止！　だが、事前に直接配付網や直接読者には、ぬけ目のない手配をしながら、発禁で押収されたのは、市販の書店からのものくらいで、被害は、最小限に、食いとめること」ができるようにしてきたからだという。そして、この「発禁対策」について、七八歳（一九七四年）になってから、以下のように披露している。

……発売禁止対策であるが、それはまず、直接配付先と直接読者へ、発禁命令にさきだって、配達を完了することだった。つぎに、新聞紙法による納本の手ごころだった。……定期刊行物で、時事問題を掲載するものは、雑誌でも、新聞紙法によって、規制されることになっていた。

この新聞紙法には、内務省に、一定額の保証金を供託しなければならないなどの規定もあり、また検閲のための、納本制度というものがあった。これは、発行と同時に、内務省警保局（図書課）、所轄警察関係と同じく地方裁判所検事局に、それぞれ三部宛納本することで、東京で発行するものは、内務省警保局のほか、警視庁（検閲係）と東京地方裁判所検事局に、納本しなければならなかった。

……鵜の目鷹の目で、検閲をまっさきにやるのは、警視庁検閲係で、内務省は、警視庁につつかれて、忌諱《きき》にふれる記事を調べ、内務大臣の発売禁止命令をだすのが、だいたい通例になっていることを、経験でたしかめていた私は、戦旗社のものはよくいって、発行と同時の納本は、検事局と内務省に郵送することにして、発禁のおそれのある号は、警視庁への納本郵送は、二日ほどおくらせることにしていた。

こうすると、その号が発禁になっても、その命令がでるころには、直接配付網と直接読者への雑誌は、すでに先方にとどいており、それに発禁の懸念から、売れ足の早い『戦旗』は、書店に警官が押収にまわってくるまでには、だいたい売れてしまっているからだった。……こうでもしなければ、度重なる発禁には、抗しきれるものではなかった。

この後も、納本の遅れをめぐる警視庁役人との問答場面の記録が具体的に綴られゆくのであるが、省略するので、関心のある方は『わが生きがいの原点　獄中詩歌と独房日記』（白石書店、七四年）頁一九～二二を参照されたい。なお、この「発禁対策」についてはじめて明かしたのは、五四年一二月、五八歳のときに出版した『プロレタリア文学風土記―文学運動の人と思い出―』（青木書店　五四年）のなかの「納本のカラクリ」として「『戦旗』の発禁対策」（頁一三七～

一四〇）においてである。そこには「苦心をした」あげくに編み出した手は、「『戦旗』にしても、単行本にしても、特高にかぎつけられないようにして、発行しなければならない」ず、「発禁になっても、「少なくとも直接配付網にだけは、わたるようにしなければならなかったから……刷上りを特高に気づかれないようにするとともに、刷上ったものは、製本屋を数カ所にわけ……製本ができると、納本よりさきに、直接配布網の分はおくり、大取次店にも納め、そのあとで、納本するようにしてい」て、「発禁になっても、二、三日店頭にでる時をかせぐことができたら、残部を押収されても、損害はそうとうくいとめることができた」と、『戦旗』の売れ足の早さ（「発禁で買いそこねることが多かったので」『戦旗』が「店頭に出さえすれば、読者は」競ってこれを買い求め、「新宿の紀の国屋では、一日数百部うりつくしたのに」、肝心の当書店の「文芸雑誌『行動』は、一日数部しか売れず、〈社長の〉田辺は大いにくさったと」いう挿話も載せるほどの売れ行きであったこと）もあった事情を伝えている。興味のある方は、これも参照されるといい。

2. 国際的な広がりで読まれた『蟹工船』

それにしてもこの本をどれほどの労働者・市民が手に入れ、それをどのように読んだのであろうか。買い求めた読者たちは、二〇九カ所、一〇二七文字にも及ぶその伏字本をどうやって読み込み、どう読み解いていったのであろう――今となっては何とも確かめようもないことではあるが、多喜二が三〇年二月に認《したた》めた田口タキ宛の手紙(5)によると、「僕の『蟹工船』は一万五千冊売れたのですよ」と、顔をほころばせて彼女に報告している姿が髣髴《ほうふつ》されるような口ぶりで綴っている。そしてさらに、次のように語り続ける。

……「蟹工船」はアメリカの共産党の人たちやアメリカにいるロシアの領事からハルぐ日本の小林によろしくと、戦旗社に手紙が来ている。

(中略)

「蟹工船」は札幌の維新堂と富貴堂で三百冊も売れたそうだ。小樽では、丸字に立看板も出して、二三日中に百冊売りとばしたそうだ。とにかく喜んで下さい。

こうして国際的な広がりで読まれた『蟹工船』は、立場の違いを超えて多く買い求められ、「読売新聞」紙上の「昭和四年前半期の印象に残った芸術その他」の欄(七・三〇〜八・一二)に載った四七人の文芸家の回答でもこの作品を推薦する数が最も多く、その反響の大きさを知ることができる。

ノーマ・フィールドは岩波新書『小林多喜二——21世紀にどう読むか』(頁一五六)で、新感覚派の命名者でもある千葉亀雄の称賛の一文(『新潮』二九年六月号掲載)を紹介しているように、発表当時、平林初之輔(「東京朝日新聞」五・七)、勝本清一郎(『新潮』七月号)ら多くの評論家からも、多喜二のこの作品は高い評価を受けている。蔵原も「東京朝日新聞」（六・一七〜二一）に書評で「作品と批評」を載せ、そのなかで「社会的な問題を……客観的に芸術的形象の中に描き得た……『蟹工船』は、その（プロレタリア文学の――引用者）典型的な作品である」と、『三月十五日』より前進している点（作者の現実に対する構え、社会的な「集団」の描写への志向、正しい大衆化の方向性など）を挙げて評価している。

3．作品の「意図」とは無縁な疑念と批判に応えている描写力

そういう蔵原も、続けて「集団を描くために個人を全然埋没してしまってよいだろうか？」と、その「危険」を懸念していて、これに類する疑念や批判なども他の作家や評論家から出されている。また、モダニズム推進派の中村武羅夫も二九年の『新潮(6)』と『近代生活(7)』の一〇月号で、この「『蟹工船』に生産工程、人間組織を描かなったこと」を批判する論陣を張るが、こうした評者の意見は八〇数年経った今もくすぶり続けている。

しかし、決着はすでにこの当時からついているのである。

前者については、先に引用の蔵原に宛てた手紙にもあるように、「この作……は……労働の『集団《グループ》』が主人公になっている」から「『一九二八・三・一五』などで試みたような、各個人の性格、心理が全然なくなっている」が、そのことによって懸念される表現上の「よくある片輪な、それ

から退屈さを出さないために、考慮し」て形象化したと、指摘されるであろう批判を前もって予想して作品づくりをしているのである。

したがって先にも述べているように、個人のディテールは描かれず、日常生活からも切り離されて、世間とのかかわりを失った登場人物たちには名前もない。あるのはただ一人、現場の鬼監督、「蟹の浅」こと「浅川」だけで、それも個性や心理描写などは意識的に排して、もっぱら外側から彼の役割に限って描出することに徹している。そして、名前があっても実体のない、まさに「浅川」にふさわしい存在＝背後にある「殖民地、未開地（北海道のこと――引用者）に於ける搾取の元締めの「忠実な犬」（前掲書　頁一三四）に位置づいているのである。またそうだからこそ、「附記」（同上）にもあるように、「会社が……『無慈悲』に涙銭一文もくれず、（漁夫たちよりも惨めに！）首を切ってしま」う存在に配置されているのである。

これは、そう描くことで、機械の一部品でしかない存在たちの非人間化された集団の真相をあぶりだすために選んだ、多喜二の用意したあらたな描法なのである。

実はもう一人、七章で二七歳の「寝たきりになっていた脚気の漁夫が死ん」だ「お通夜」の晩、「吃りの漁夫が……死体の側のテーブルに出て行っ」て語る「弔辞」で、突然、その死体に向かって「山田君」と名指し呼ぶ場面が出てくる（同上書　頁一〇〇）。「吃り」も消えて語られる「山田君を殺したものの仇《（こ）》をとること」を、「今こそ、山田君の霊に僕等は誓わなければならない」という呼びかけに応えて、通夜に集った男たちがアグレッシブな「集団」に変貌してゆく道行きは、実に対照的である。

それはマルクスが『資本論』の中で解明した、イギリスの労働者階級のたたかいにみられる「労働者の結合」の道行きの実際を踏まえて描かれたと思われる、資本の意思による結合《コンビニールト》(kombiniert)から労働者自身のそれによる結合《アソツィイールト》(assoziiert)へと発展してゆく萌芽の様相を物語る場面であり、はじめて「労働者は生産過程にはいったとき(と——引用者)は違うものとなって、そこから出てくる[8]」初期の姿を形象化した、すぐれて確かな表出である。「自分たちを悩ます蛇[9]にたいする『防衛』のために、労働者たちは結集し」てゆく成長の過程がまるで映像でもみるように鮮明に迫ってきて、読者をいっきに惹《ひ》き込んでゆく。

これは「個人が描けていない」などと「主人公」造形の描法を執拗に云々《うんぬん》する、近代小説の枠組みにかたくなに囚われている評者たちへの、多喜二のみごとな回答といわねばなるまい。

後者の場合はどうか。

先の中村のような物言いは、今日になっても相も変わらず繰り返されている評言である。

蟹工船操業の実際が描かれていない／船内での蟹缶製造工程の作業過程の様子がすっぽり抜け落ちている／そこには「人間組織」のうごめく関係性の細部が見られない／資本主義の機構は、どこにも描かれていない等々、評者自身の手前勝手な読み取りによる一般的な批判に終始している。

この小説に賭ける多喜二の「意図」は、すでに蔵原に宛てた「手紙」で明らかにされており、しかも蔵原によってその全文が二八年六月には公表されているのだから、これを読んでいないか、黙殺して済ませてきているとすれば、怠慢の謗《そし》りを免れまい。

多喜二は中村の批判について、二九年一〇月の「読売新聞」二〇日号の「文芸日曜付録」に「頭の蠅を払う――吠える武羅夫に答える――」と題する「公開状」を掲載している(10)。

そこには「生産工程、人間組織を描かなかったこと……では、逸早く小樽や秋田の同志が指摘している。然し自分は最初から、意識的にそれは書かなったのだ」と述べられていて、「今では……確かに一面的であり過ぎたと思うようになってきてはいる」が、「このことはそれ自体としては飽迄も誤ってはいない」と自省しつつも、あらためて自分に確かめて、その「理由」を以下のように示している。

あの作は、東京あたりでよく「何々工場視察――見学」とかをしたがるインテリの好奇心を満足させるために書かれたものでないということ。「カニ缶詰工程」がどんなものであるかは漁夫には（又植民地の労働者には）問題なのではなくて、（皆知っている。こんなことを知りたがるのは、慈善貴婦人と蒼白いインテリだけだ！）――問題は、知っていないことは、自分達は誰のためにどのように働き、タタキのめされ、どんな「カラクリ」に繋がっているか、ということだ。――「蟹工船」の重《ママ》な方向と目的はこゝにあったと云っていゝ。

『蟹工船』の「意図」は明確であった。これを多喜二が送った蔵原宛ての「手紙」のことばにいい直せば、「この作は『蟹工船』という、特殊な一つの労働形態を取り扱っている。が、蟹工船とはどんなものか、ということを一生ケン命に書いたものではない」と断りつつ、これを「取り扱っている」のは、「資本主義は未開地、殖民地にどんな『無慈悲な』形態をとって侵入し、原始的な『搾取』を続け、官憲と軍隊を『門番』『見張番』『用心棒』にしながら、飽くことのない虐使をし、……如何に、急激に資本主義化するか、ということ」、したがって、「その背後にあって、軍隊自身を動かす、帝国主義の機構、帝国主義戦争の経済的な根拠、に触れること」

そして、このためには「帝国主義——財閥——国際関係——労働者」の「三つ《ママ》が、全体的に見られなければなら」ず、「それには蟹工船が最もいい舞台だった」ので、ここを作品の世界に据え、その構図を「根拠、にふれる」ドラマに組み立て、これを「一生ケン命に、意図し」て描いたのである。

したがって、作品の評価は、作者の「意図」がどうであったか、その当否を問うものでなければならないし、この「意図」の形象化が文学作品としてどうであったか、その創造された内容と形式に即して評されなくてはならないであろう。

主観的、恣意的な評言は、作家として真摯に「方向と目的」を明かして創造した作品にたいする冒瀆であり、「頭の蝿」扱いをされても、それはみずからが招いたしっぺ返しとして受け入れざるを得ないのではあるまいか。

（1）多喜二自身は、「手紙」の最後に、「またもし『戦旗』に発表出来るならば、……二段組みにしていいから、一回に全部出してもらいたい」旨の希望を述べている。前にも触れたように、前回の『三月十五日』が手ひどい削除と伏字に攻め立てられ、発売禁止にされていたから、この「希望」はなおさら切実であったろう——そういう多喜二の切なる「思」いが一途に伝わってきてならない。

（2）天皇の食す「献上品」の蟹缶詰に「石ころでも入れておけ！」と叙述している（岩波文庫頁一三二）理由で、六月に小樽警察署に召還され、翌年の六月下旬には不敬罪に問われている。

「公判請求書」には「五月号百五十頁掲載」の、岩波文庫版なら二六頁一一行~一三行の「天皇陛下は雲の上にいるから」と、「六月号百五十六頁掲載」の、岩波文庫版なら一三一頁一三行~一三二頁四行の「蟹缶詰の『献上品』……俺たちの本当の血と肉……石ころでも入れておけ！——かまうもんか！」がその該当箇所として例示されていている（右傍の「×」は伏字）。そして、これを誌上に載せ出版した行為が「不敬の行為」を「為《な》し」たこととされ起訴される。

この「公判請求書」は、戦後、復刻、刊行され、一九四〇年三月に司法省調査部の発行した『司法研究』報告書第二十八輯九所収の検事平出禾「プロレタリア文化運動に就ての研究」で「治安維持法以外に文化運動に適用される法規」の事例として記載されている「『歴史的文献』で」あると、山田は「検挙から豊多摩へ」（『わが生きがいの原点　獄中詩歌と独房日記』頁一一～一五。白石書店、七四年一一月）のなかで、それが自分にとって貴重な記録であったことを述べ、「これがあった」おかげで「『蟹工船』にかかる『公訴事実』を、正確に思いおこすことができたのである」と語っている。

（3）同上の引用書所収　頁一一～一八

（4）一一月と三月の版は性風俗の描写部分〈「対照表」の「頁六六行四～頁六八行一一」と「頁一〇〇行五～七」、三月版はさらに岩波文庫版頁一三一行一三～頁一三三行四までが伏字にされている。

（5）前掲書『定本　全集』第一四巻（六九・一〇）所収では「瀧子宛」

（6）評論「プロレタリア文学の理論とその作品の吟味」

（7）評論「既成文芸の領域に埋没されつつあるプロレタリア文学」

（8）新日本新書版2　第一部第三編第八章 頁五三二

（9）ドイツ浪漫派の詩人ハインリヒ・ハイネの岩波文庫『新詩集』にみる詩句　頁二七三

（10）前掲『定本　全集』第九巻（六八・一〇）所収　頁一二三～一二六

Ⅲ なぜ「蟹工船」を作品の舞台に選んだか

1．「蟹工船」の労働現場と「労働者の結合」過程の形象化

それにしても、なぜ「蟹工船」を作品の舞台に選んだのか、である。多喜二が剔抉《てっけつ》したかった「カラクリ」を描き出すためには、何よりも「殖民地、未開地に於ける搾取」を典型とする当時の「日本の労働者の現状……色々な国際的関係、軍事関係、経済関係」を明らかにしなければならず、「蟹工船」にはそれらを「透き通るような鮮明さで見得《みう》る便宜があったから」だという。また、「未組織な労働者を取扱っ」たのも、それが当時は一般的な姿であり(1)、また、そう「させて置こうと意図しながら、資本主義は、皮肉にもかえってそれを（自然発生的にも）組織させる」ものだということを、みごとなドラマとして形象化してみせている(2)。

多喜二がこのような「労働者の結合」の過程を『蟹工船』に構想した背景には、先に『資本論』第一部第三編第八章の記述が踏まえられていたと思われると述べたが、当時の多喜二の「日記」をみてみると、一九二七年の「二月七日」に次のような記録がある(3)。

マルクスの「資本論」でも読んで見たい気がしている。が、それの根本的な処に疑いをもっている自分は、結局、社会主義的情熱を永久に持てぬ人間のように思われる。

この時の多喜二は、「マルクス（思想――引用者）の……根本的な処に疑いをもっている自分」の限界を見据えながら、「社会主義的情熱を永久に持て」ないのではないかと自らに問うている。そして、続けて「此前三日の吹雪の晩」に見た映画「アイアンホース」（アメリカの西部発展史を描いた作品）が、「自分達のではない、後にくる時代の人たちのために」たたかいに生きる「人達の気持ちと万難を排して、『自分を犠牲にして』（これは云うに易くて、重大な事だ。）後にくるものゝため」に戦っている社会主義者の気持ちがぴったり一つになって、「自分をうった」と記しながら、そのときの「悩み」を綴っている。

……古来の大多数の偉人たちが、この道のために自分たちの命を捨てゝ行ったことが又考えられる。（中略）犠牲になっても、それがやがて本当に新らしい世界が自分達を待っている、ということが、信仰となっていないものにとっては、恐ろしいことだ。自分の悩みがこゝにある。然し、どういう形かで、いずれこゝから抜き出《ママ》られる日があることであろう。

これがほぼ一ケ月後の「三月二日夜」の「日記」になると、その間の多喜二の生活と思索の濃密な営みを予測させるような記録が認《したた》められる[4]のである。

マルクスの「資本論」を読み出している。そのデリケートな、科学的頭脳にはホド《マ》〱《マ》感心してしまった。カール・カウツキーのものや、河上肇、高畠素之氏のものなどをそばに置いて、やってゆく積りだ。ゲーテ、ドストエフスキー、ストリンドベルク、を知ると同じように、マルクスを知らなければならない。

『蟹工船』執筆前に、多喜二はやはり『資本論』を読んでいたのである。なかなか難解であったようで、苦労しながらも一三日には「第一編を読了し」ている(5)。「日記」をみると、この後も『共産党宣言』や『フォイエルバッハ論』(四月)、『反デューリング論』『唯物論と経験批判論』(七月)などを読みすすめているのであるが、これらの著作をどのように読んでいたのであろうか。「日記」の記述からはひどく読解に難渋している様子がうかがえるものの、それ以上のことは分からない。

浜林正夫はこの間の多喜二の「マルクス主義の学習」について考察しているが、同時代の野呂栄太郎(夕張出身で、多喜二より三歳年長)の影響を指摘している。そして、野呂の「資本主義発達史(6)」(のちの「日本資本主義発達の歴史的諸条件」)を「読んだ可能性は高いし、それ以外にも野呂の研究はさまざまな形で……影響を与えて」おり、「とくに日本帝国主義の植民地侵略に対する反対論は、『戦旗』や『産業労働時報』などにしばしば掲載され、多喜二の帝国主義への関心を強めたといえるだろう(7)」と論じている。

このようにみてくると、「資本主義は……原始的な『搾取』を続け、……飽くことのない虐使をし、

（中略）その背後にあ」る「帝国主義の機構、帝国戦争の経済的な根拠」は描けても、未組織の漁夫・雑夫（一〇歳から二〇歳までの青少年）たちをそれ故に「かえって……（自然発生的にも）組織させ」、決起させてゆくダイナミズムを用意して、これを周到に、しかも緻密に形象化する構想は、多喜二に前もっての『資本論』を読み解く作業がなかったなら、組み立てられなかったであろう。それほどにこの『資本論』の読み込みは、作品の構成に大きく作用していたと思われる。

それにしても、二〇代前半の青年銀行員の頭脳と眼力はとてつもなく確かで、その想像力のふくよかさと相まって、観察や描写の対象を一つの全体として統合して捉え描く世界を、実にリアリティーのあるものに仕上げていっているのである。

2.「蟹工船」操業の国家産業的な特徴と「地獄」の労働環境

さて、もう一つ、多喜二の練り上げた「意図」を「透き通るような鮮明さで」描くのに恰好の「便宜があった」「蟹工船」とは、一体どのような「工船」であったのか、である。

蟹工船は「工船」（工場船）であって、「航船」ではない。だから航海法は適用されなかった。二十年間の間も繋《つな》ぎッ放しになって、沈没させることしかどうにもならないヨロヨロな「梅毒患者」のような船が、恥かしげもなく、上べだけの濃化粧《こいげしょう》をほどこされて、函館へ廻ってきた。……露国の監視船に追われて、スピードをかけると、(そんな時は何度もあった。) 船のどの部分もメリメリ鳴って、今にもその一つ、一つがバラバラにほぐれそうだった。(中略) それに、蟹工船は純然たる「工場」だった。しかし工場法の適用もうけていない。それでこれぐらい都合のいい、勝手に出来るところはなかった。

利口な重役はこの仕事を「日本帝国のため」と結びつけてしまった(8)。

これは小説からの引用であるが、「蟹工船」は陸《おか》から遠く引き離された海の上の蟹缶詰製造の「工場」なのである。これが母船で、底刺し網で蟹を獲る川崎船《かわさきぶね》(漁業用の舟艇で、博光丸《はくこうまる》は八隻を搭載していた) とセットで操業する母船式の工船漁業のまぎれもない労働の現場であった。それも、引用文にみるように船でありながらこれが「航船」ではなく「工船」なので、航海法は適用されないし、そのうえ、うまいことにこれが陸地にない工場だから、工場法も適用されないで済んでいる無法の労働空間なのである。さらに、「露国の監視船に追われて」とあるように、蟹漁の操業はソ連領海との境界であるカムチャッカの洋上でおこなわれていたから、国内法と交差しながら、そこではこの両方の法が適用されない二重の無法地帯になっていて、まさに植民地空間を形成していたのである。しかも、この蟹漁は水深の浅い砂地でなされるため、ソ連の領海を侵犯することにもなり、護衛艦付きの国家産業的な特徴を持っていたのであった。

この実情をみると、そこでは日本軍の管理の下に政府がソ連領漁区の使用入札までおこなわせ、入札料はソ連政府にではなく、日本の銀行に供託するなどして「自営出漁」の許可を与えていたから、この北洋の蟹漁の漁場は、さながら「我々日本帝国人民が偉いか、露助《ろすけ》が偉いか。一騎打ちの戦い(9)」の場になっていたのである。それは国威を賭した国際戦の一環であり、「日本帝国の大きな使命(10)」なのであった。

しかし、この海霧《ガス》と流氷の荒海のただなかに出漁する工船は、「二十年間の間も繋ぎっ放しになって、……上べだけの濃化粧をほどこされて、……少し蒸気を強くすると、パイプが破れて、吹いた」り、「スピードをかけると、……船のどの部分もメリメリ鳴って、今にもその一つ、一つがバラバラにほぐれそう(11)」になるほどのオンボロ船なのである。それは博光丸だけではなかった。

蟹工船が実業化するのは一九二一年であるが、これが労働者を乗せるだけの工船とばかりに、四〇年以上の老朽船（この当時、船齢〈船が進水してからの年数〉は二五年といわれている）が買いたたかれ、「濃化粧をほどこ」して母船にしつらえられていた。それだけに労働環境は危険きわまりなく、また苛酷で無残な「地獄」であった(12)。

3.「虐使」される漁夫・雑夫たちの出身階層と雇用の内情

このとてつもなく劣悪な労働環境の蟹工船に仕事を求め、「未組織な労働者」として雇用される漁夫・雑夫たちは、一体どんな出身階層の人たちであったか。先の「I」にも引用した蔵原宛ての「手紙」で、多喜二は、蟹工船は「殖民地、未開地に於ける搾取の典型的なものであ」り、「日本の労働者の現状に、その類例が八〇パアセントにある（実際の数字は、戦前の最高時で三二年の七・八％というから〈頁六五、脚注（1）参照〉、未組織の労働者は九割を超えていた）。いずれにしても、多喜二はそのような当時の大方の「未組織の労働者」を「ルムペンにおち入ることなく、描き出」し、やがては組織できる労働者として「把握」していたことが、ここを「舞台」にしての「意図」を作品化する選択をさせたのである。こうして「蟹工船」に「搾取の典型」を焦点化して、「殖民地、未開地」の北海道における工船労働者の漁夫・雑夫たちを主人公にして登場させるのである。

――内地では、労働者が「横平《おうへい》（ママ）」になって無理がきかなくなり、市場も大体開拓されつくして、行き詰ってくると、資本家は「北海道・樺太へ！」鉤爪《かぎつめ》をのばした。そこでは、彼らは朝鮮や、台湾の殖民地と同じように、面白いほど無茶な「虐使」が出来《でき》た(13)。

こうして資本家の「鉤爪」で掻き集められた蟹工船の漁夫・雑夫たちは、どの工船もそうだが、「てんでんばらばら」に雇われている。そのような「ものらを集めることが、雇うものにとって、この上なく都合のいいことだった」からである。なぜなら、「函館の労働組合は蟹工船、カムサッカ行の漁夫のなかに組織者を入れることに死物狂いになっていた、青森、秋田の組合なども連絡をとって。——それを何よりも恐れていた(14)」のである。実際に漁夫や雑夫に装って労働組合から調査に乗り込んだ労働者が、船内で毒薬を飲まされていたりもしている(15)から、多喜二がこのような内情を書き込んでいるのも、その実態を取材して知っていたからであろう。

『蟹工船』執筆の準備は「一七年の春頃から周到」にすすめられていたと既に述べているが、その取材活動に当たっては、小樽高商時代の同期生で、演劇研究会のメンバーとして共に活動していた安田銀行勤務の乗富道夫の協力が大きく影響していた。

彼は産業労働調査所の函館支部員で北洋漁業の調査を担当する専門家であったから、この援助は蟹工船労働者や漁業組合関係者との直接の聴き取りと併せて、多喜二の取材をいっそう綿密で整ったものにさせたであろう。また、「海上生活者新聞」にもかかわっていたりして、多喜二はそのような漁業・海員労働者を支援する活動のなかで、事実に即した実際の情報を豊富に得ながら作品の執筆をしてゆくのである。したがって、作品は事実に即しながら事実そのままではなく、その残酷無惨な労働の実態も読者の読みに耐え得るように形象化し、作品に課した自分の「意図」をリアリティーのあるものに仕上げていっているのである。

井本三夫は前掲の論考のなかでこうした多喜二の執筆事情にも触れ、「『蟹工船』は、多喜二が海上労働者のたたかいのなかで、また、そのたたかいのために書いたと言わねばならない」（頁一九二）と、その項を結んでいる。まさにそのようにして『蟹工船』は書かれたのである。

その漁夫・雑夫たちであるが、博光丸に「てんでんばらばら」に雇用されて登場してくる彼らを作品に沿ってみてみると、以下のような実態が分かってくる。

冒頭に登場するのは二人の漁夫である。彼らは「おい地獄さ行《え》ぐんだで！」と互いにこれから行く先の仕事場がそうであることを確かめ合うようにして、「デッキの手すりに寄りかかって、……函館の街を見てい」るのである。二人はあきらかにそこが「地獄」であることを十分に知っている体験者であり、そうでありながら再び同じ現場に赴くことを選択した自分たちへの自虐的な言挙《ことあ》げが、冒頭に吐き出されたことばなのである。

それは、小説が展開される蟹工船の労働者たちの行く先が「地獄」であることを予告する幕開けのことばでもあるが、「地獄」体験者のこの二人の漁夫から発せられた台詞《せりふ》が、その道行きの環からどうにも抜け出せないであがいている彼らの生の現実を示す表白であることを知るなら、この現実こそが彼らの「地獄」なのだということが分かってくる。そこまで明確に自己認識されていなくても、この二人が無意識の内にそれを「身体」で感じとっていたことから発せられた彼らの呻《うめ》きのことば——そういう、今はどうすることもできないでいる漁夫たちの自嘲的なホンネとして聴くことができよう。

「唾《つば》と一緒に捨てた」「指元まで吸いつくした……巻煙草はおどけたように色々にひっくりかえって、高い船腹《サイド》をすれずれ（ママ）に落ちて行った。彼は身体《からだ》一杯酒臭かった」——続いて描かれるこのモンタージュのような場面は、まるで映像を見るようで実に鮮明であるが、それがまた、心象風景でもみるように印象的である。

「指元まで吸いつくした」吸い殻、それが「おどけたように色々にひっくりかえって、高い船腹をすれずれに落ちて行」く様子は、自分のどうにもならない落ちぶれた姿を「吸いつくした」吸い殻にみたてて、それを「色々に」道化してみせつつ、今の現実から間もなく「地獄」に「落ちて行」く自分たちの行く末をみる思いで凝視する漁夫、それを「身体一杯」に酒でも呷《あお》らなければ何ともしようのない絶望を堪え、その気持ちを抱え込みつつ、「俺はもう一文も無《ね》え」と言った後、書いてはいないが、おそらく空っぽになったガマ口を振ってみせる仕草が想像され、それが「吸いつくした」吸い殻とひとつに重なって、こころもからだもスッカラピンの「カラ」にして、いま出発する工船のデッキにいる漁夫らが見えるように描き出されている。

蟹工船に乗る直前まで酒を喰らい、持ち金をすっかり使い果たした後、結局は前回と同様に再び「地獄」と分かっている仕事場に舞い戻ってくるという、それ以外に選択の道を知らないか、知っていてもこうするほかにどうしようもない、そういう境涯の人たちなのである。

もう一人、「俺《おら》アもう今度こそア船さ来ねえッて思ってたんだけれども……周旋屋に引っ張り廻されて、文無しになって……また、長《な》げえことくたばるめに合わされるんだ」と、今度も観念して来た「若い漁夫」（前掲書頁一三）もいる。この漁夫も先の二人の漁夫と同じ往還を生きる人であるが、そこに「周旋屋」が介在していることも明らかにされている。

こうして函館をはじめ各地から、「蛸」労働の経験者や「食いつめた『渡り者』」や「季節労働者」、「酒だけ飲めば何もかもなく、ただそれだけでいいものなど」が集まってきていた。そこには夕張から来た元炭鉱夫や、秋田、青森、岩手の「百姓」、それも「善良な村長さんに選ばれてきた『何も知らない』『木の根ッこのように』正直な百姓も……交っている」（同上書頁一七）のである。

他方、雑夫に登場してくるのは、「薄暗い船底の棚に……一かたまりをなしてい」る「皆十四、五の……函館の貧民窟の子供」（同上頁八～九）たちである。ほかにも「薄暗い隅の方で」たむろしている「七、八人……誰も送って来てくれるもののいない内地から来た子供たち」（同上頁一〇）がいた。おそらく、いずれも「周旋屋」の斡旋《あっせん》か募集に乗ってやってきた「子供たち」なのであろう。

> 何時でも会社は漁夫を雇うのに細心の注意を払った。募集地の村長さんや、（警察の――引用者）署長さんに頼んで「模範青年」を連れてくる。労働組合などに関心のない、いいなりになる労働者を選ぶ。「抜け目なく」万事好都合に！（同上頁一一〇）

このように蟹工船の漁夫・雑夫たちは、二七年当時で四千人を超える数になって漁業基地の函館に集まってきていたが、そういう彼らは、各地で「周旋屋」が「会社」の求める条件に適った「労働者」の募集に声をかけられ、応募して斡旋されたり、「村長さんや、署長さん」が選抜して送り出したりする太鼓判付きの「模範青年」たちなのであった。博光丸にはとりわけ東北出身の「百姓の漁夫」が多かった（同上頁九一）から、彼らはそうやって「何も知らない」真っ正直な働き者の青年として選抜され、稼ぎを当てにした家族や村人たちから期待を込めて送り出される、かけがえのない人材であったろう。それは、さながら出征兵士のような歓送であったにちがいない。

このようにして蟹工船にやってきた漁夫・雑夫たちは、みてきたように「集団」などといえるような存在とは程遠い「群れ」であり、まさに「会社」にとって「好都合」な「てんでんばらばらのものら」の集合体なのであった。

しかも、故郷の地で選抜される「模範青年」の基準は、工船の「虐使」といわれるような過酷な重労働に耐え得る身体でなくてはならなかったから、これは何よりも「健康な身体」が重視された。その基準は、『日魯漁業経営史』(16)第一巻によると、徴兵検査のそれであったというから、彼らはこの検査に合格した「兵士」の有資格者でもあったのである。戦場ならぬ「地獄」に向かうには、うってつけの選抜された若者たちであった。

以上のようにみてくると、蟹工船の労働現場の世界は、第一次世界大戦後の不況の時代を背景にさまざまな階層・職種からの労働者、農民、若年労働者、学生等々が集まってきている工場であった。それはさながら植民地に集まってくる人々みたいで、そのさまざまな経歴の出身階層の群れは、この最悪の労働条件の下で就業するしかない、追い詰められた季節労働者として働くほかない事情を抱えた人々なのであった。しかもその彼らが働く労働空間は、日本とソ連との領海の国境線上の蟹漁の漁場であり、先にも触れたように「日本帝国」の国威を賭した国際戦の一環たる労働現場なのである。この老朽船を「工船」に仕立てた海上の工場は、したがって航海法も適用されず、そこは陸地にない工場ゆえに工場法も適用されない無法地帯となっていて、この植民地的無法空間の下で彼らは過酷な労働を強いられているのである。

そういう世界が舞台となる『蟹工船』の発見は、多喜二の慧眼《けいがん》によるものである。その眼差しこそは函館での漁夫や雑夫たちからの聞き取りなど、現実の実態に根差し、友人乗富道夫（安田銀行勤務の北洋漁業調査の専門家）らからのデータにもとづく細心な観察に徹したリアルな把握と認識がそうさせたのであろう。だからそれは、今日の労働空間の就業実態というか、四割もの非正規雇用にみられるその待遇や雇用の実情が現場の労働条件の苛酷さを招来させ、正社員であっても企業間の過当競争からくるサービス残業による過労死に追い込まれているありさまで、「法」があるにもかかわらず無法状態に置かれて残酷な労働を強いられている姿をも見通し、思い描いているように思われてならない。二〇〇八年に至ってにわかに『蟹工船』ブームが巻き起こるが、これは作品に描き出されている漁夫や雑夫らの苛酷な立ち働く実態と重なり、これに共鳴・共感し、働く者たちに連帯感がふくらみ、現実の労働実態を告発するたたかいの動きと重なった所産であろう。それほどに多喜二の「眼」はリアルで、遠くまで見据える曇りのない確かな輝きにあふれるものであったに違いない。まさに慧眼というものであった。

こともあろうに二〇一八年、「働き方改革」一括法案が国会に提出され、「残業代ゼロ制度」（高度プロフェッショナル制度）が焦点化され、これまでの規制をすべて撤廃し、「二四時間働かせ放題」にすることができる「残業代ゼロ制度」を戦後の日本の労働法制に初めて盛り込むなどという暴挙が強行された。「経団連会長等の経済団体の代表から高プロを導入すべきだとの意見をいただいた（六月二五日、参院予算委員会での首相答弁）」からだとぬけぬけという首相の無法なもの言いを語って憚らない厚かましさであった。

大企業の言いなりに無法空間をつくりだして「過労死」を政府みずから増やすような法律を強引に決め、これを押し進めんとする事態は、戦前の働き方に逆戻りさせるような労働現場の無法化であって、まさに現代の「蟹工船」化であり、「地獄」である。今日の労働空間をそういう状況にさせないよう押し返してゆかなくてはなるまい。現場では既にそのたたかいははじまっている。

小森陽一（東京大学教授・当時）は筆者宛の私信（一八年七月五日）で、当面する「状況に大きな転換がもたらされるという現場に生きる私たちにとって、過去の出来事を、しっかり位置づけ直すという実践はとても重要だと思」うと書き認めてきている。この思いは筆者も同じではあるが、それが「とても重要だ」という認識はしていなかった。そう気づかされて、あらためて自分の「実践」＝仕事を把え直してみる機会となった。そのことばどおり、この多喜二時代の出来事を見落とすことなく確かめてゆく営みを、丹念にすすめてゆかねばならないであろう。執筆中ではあるが、このことを心に刻んで作業をすすめてゆこうと思う。

4．形象化を宣した「労働者の結合」の道程

多喜二はこうして、冒頭で「未組織な労働者」たちの「集団」を登場させ、これが「主人公になっ」たストーリーを展開してゆく。それは『蟹工船』に構想した「意図」を作品に貫徹して、この「方向と目的」を実現する形象化への妥協を許さぬ作業であった。

そして、後半になったところで、多喜二は作品が次のような事態に進行してゆくことを予告するのである。

……蟹工船の「仕事」は、今ではちょうど逆に、それらの（「てんでんばらばらの」未組織の――引用者）労働者を団結――組織させようとしていた。いくら「抜け目のない」資本家でも、この不思議な行方までには気付いていなかった。それは、皮肉にも、未組織の労働者、手のつけられない「飲んだくれ」労働者をワザワザ集めて、団結することを教えてくれているようなものだった（前掲書頁一一〇行五～九）。

これは先の「Ⅱの3」（頁四一）でも紹介した、マルクスが『資本論』第一部の第三編第八章で解明している、あの「労働者の結合」の道程である。文字どおりそれは、「労働者は生産過程にはいったとき（と――引用者）は違うものとなって、そこから出てくる」という、この変革の

ドラマチックな発展過程を、その初期の萌芽の姿として描き出すことを文中で宣した、多喜二自身の自己表明であったのである。

（1）労働者の組織率は三二年の最高時で七・八％であり、未組織は九〇％を超えていた（蔵原宛の「手紙」には「八〇パアセントにある」となっている）から、これを多喜二が「ルムペンにおち入ることなく、描き出す」ようにしたのには、以下の実相のリアルな姿を労働の過程をとおして表現することを、あらかじめ構想していたからであろう。
（2）前掲文庫版頁一〇〇からの漁夫・雑夫たちの意思による「結合」へと変貌してゆく場面。
（3）前掲『定本　全集』第一三巻（六九・七）所収（頁七一〜七二）
（4）同上書頁七五
（5）同上書頁八一
（6）『マルクス主義講座』第五巻所収（講座刊行会、二七年）
（7）『「蟹工船」の社会史——小林多喜二とその時代』（学習の友社 〇九・二）頁一一二行一五〜一九
（8）岩波文庫版『蟹工船』頁三三行一〜一三（小説からの引用は岩波文庫版（五一年一月）による。以下、すべて同じ。なお、傍×は改造文庫版で伏字にされている語句）

(9) 同上書頁一九行六～七
(10) 同上行一四
(11) 同上頁三三行二～三
(12) 蟹工船についての考察は、井本三夫「北洋史から見た『蟹工船』」(浜林正夫、前掲書所収)に詳しい。なお、一〇年二月に『蟹工船から見た日本近代史』(新日本出版社)を上梓している。しかし、ここでは「『……日本近代史』とあるように北洋漁業と海軍」との関係よりは、「日本の北洋漁業は……帝国主義政策に乗って拡大し」たとして、そこから「蟹工船に象徴される北洋労働の問題を通じて、日本の近代史の構造を考」察するものになっている。
(13) 前掲書頁六四行一～三
(14) 同上書頁一八行二～四
(15) 二八年七月四日付けの「東京日々新聞」に報じられた肥後丸で起きた事件。
(16) 日魯漁業株式会社、水産社(一九七一年一二月)による。

Ⅳ 戦前の出版物検閲の実情と多喜二虐殺の前後

1. 繰り返された発売禁止の処分

このようにしてほぼ六ヵ月を要して書き上げた（1）『蟹工船』は、検閲を慮《おもんぱか》って全体にわたり字句に伏字をほどこし、先にも記したように『戦旗』の五月号と六月号に分載して発表されるが、これが「I」でも述べているとおり、「不敬（2）」の理由から「五章」以下を載せた号だけが発売を禁止されている。

この後も伏字を復元した単行本が九月、その改訂版が一一月（性風俗の描写部分と数個所の字句が伏字）に、翌三〇年三月には一一月版の伏字のほかに、「不敬」とされた箇所（「Iの2」に記載済み）を伏字に加えた改訂普及版がそれぞれ戦旗社から出版されるが、二九年の単行本はいずれも発売禁止の処分にされている。

2. 多喜二虐殺を追悼して出版された二冊の伏字文庫の本

『蟹工船』の原稿を蔵原に送り届けた後、多喜二はその年の九月に「不在地主」を脱稿、翌年の二月には「工場細胞」を書き上げているが、この間に日本プロレタリア作家同盟の中央委員に選ばれ、小樽支部準備会の取り組みに携わったり、全小樽労働組合結成の準備活動に参加したりするなど、創作の営みと併せて地域の人々との運動に奔走し、はりつめた目まぐるしい生活を刻む日々のなかで、拓殖銀行を依願退職のかたちで解雇される。「三〇年三月末、上京した多喜二は田口タキとの結婚を断念、杉並区の住居に母セキと弟三吾を呼び寄せて家族の暮らしを構える。三一年一〇月、日本共産党に入党(3)して作家同盟の党グループ員になる。翌年四月、奈良に志賀直哉(4)を訪れる(5)」と手塚の記録(『定本　全集』一五巻所収の「小林多喜二小伝」や同上所収の「年譜」等)にはあるが、これが七二年まで定説になっていた。

　それが七五年一月発行の尾崎一雄(6)『あの日この日』下(講談社　七五年一月二四日)所収の「百二十五」(七二年　頁一四四〜一四八)で、平野謙(7)との「多喜二の奈良行の時期」をめぐって確認の交信が綴られている。そこでは尾崎の聞き取りの間違い(志賀の「言葉」の「多喜二がやって来た」が「多喜二が泊って行った」ではなく、「多喜二から手紙が来た」であること)に気づいて、小林の志賀宅訪問が「六年(三一年――引用者)十一月六日」であったことがはっきりして、互いに確認し合っている。

　三一年一〇月、先の手塚の記録にもみるとおり、多喜二は日本共産党に入党して作家同盟の党員グループ員になり、宮本顕治、手塚英孝らと地下活動に移り、文化・文学運動の再建に献身する生活のさ中、三三年二月二〇日の正午過ぎ、スパイ三船留吉(日本共産青年同盟のキャップだった)による手引きで築地署の特高に逮捕され、同署内の取り調べ室で三時間余におよぶ打《ぶ》つとおしの残酷きわまりない拷《ごう》問(8)を受け、その日のうちに無惨にも虐殺されてしまうのである。「『戦旗』の発行、編集、印刷の責任者」とみずから名乗る山田清三郎は、『プロレタリア文化の青春像』の中で、「逮捕後七時間あまりで死にいたらしめられた多喜二の拷問致死が……彼の逮捕によって、一人のいもづる検挙者を出さなかったことが、また出すことのできなかったことが」「いかに貴重なものであり、かけがえのないものであったか」を「何よりも雄弁に物語っていたことを、最後に強調しておきたい」と、完全黙秘を貫いて「党と組織の機密を守りぬいて死に至らしめられ」た厳粛な死を悼み、その思いを全身に刻んで対面していることばにはならない胸中を、多喜二への敬意と同志的な感動を込めて結んでいる。それは遺体を囲む友人や同志たちの共通の思いであったにちがいなかった。わずか二九歳四ヵ月の生涯であった(口絵v頁参照)。

ここは以上のような素描で済ませたが、この間の動静は、手塚英孝『小林多喜二』上・下(新日本出版社、七〇年七月・七一年一月)、山田の前掲書所収の「小林多喜二の『蟹工船』と多喜二の生涯」にその詳細が記録されているので、参照されたい。

傷ましい多喜二の死を悼んで四月に『蟹工船』が『不在地主』と併載で新潮文庫から(9)、五月には『工場細胞』と併せて改造文庫から出版される(10)ものの、それはすでに「はじめに」でも触れたとおりで、いずれも伏字ばかりの痛々しい姿になっていて、戦後の四九年二月発行の日本評論社版『小林多喜二全集』第三巻に載るまでは、『蟹工船』の伏字は決して復元されることはなかった(前節の末尾で触れた、伏字を復元した単行本が九月に戦旗社から出版されてはいるものの、発売禁止にされていて陽の目をみることはなかった)。それは何もこの作品に限られたことではなく、検閲に曝《さら》された戦前の出版物はすべてそうで、この発売禁止の解除、削除・伏字の復元は戦後を待つほかなかったのである。

3．多喜二の死を悼み、鎮魂に生きる大月源二
――多喜二鎮魂の絵「走る男」をめぐって――

戦旗社からの『三月十五日』や『蟹工船』『不在地主』等の装丁や挿絵を描いていた多喜二と同郷の画家大月源二（〇四年～七一年）も、東京美術学校（現在の東京芸術大学。以下、美校）西洋画科卒業後活動していた「プロレタリア美術」の運動で三二年六月に治安維持法により逮捕され、豊多摩刑務所に拘留されて三三年一〇月に一時保釈になるので、「小林多喜二殺さる」の悲報をここの独房で読んで知るのである（「多喜二と私」〈『北方文芸』六八年三月号、北方文芸社(11)〉）。これには「下書き」（市立小樽美術館寄託）があって、「多喜二の死……大きなショック。目のさきがまっくらになる気持（その後困難にぶつかるごとに、多喜二が生きていたならこういう場合どうしただろうといつも考えた――ここは二重線で消してある。おそらく、こうなった場合にその生き方が多喜二の所為にされてしまうことを、書いた後で懸念したからではないかと思われる。金倉義慧《ぎけい》〈一九三四年～〉も『画家　大月源二―あるプロレタリア画家の生涯―』〈創風社、二〇〇〇年八月〉でこの一文を引用している〈頁八二〉が、二重線の消去については何も触れずにコメントしている。相応の配慮の

ある扱いが必要だったのではあるまいか――そう思われてならない。――引用者）」と「『多喜二と私』下書き」に書き残している大月は、多喜二の葬儀の参列もかなわぬまま、翌年の二月に懲役三年の刑を受け、今度は甲府刑務所に送られている。懲役刑だったので油絵の制作も仕事に科せられていた。三五年一一月三日に仮釈放になって甲府から東京に戻ってきた大月は、三六年にF三〇号の油絵「走る男」（二〇〇一年、小樽美術館所蔵。修復されて両端がつづめられ、現在のサイズはP三〇号。口絵ⅳ頁参照）を描いて翌年の美校同級生の上杜会《じょうと》展（五月第一〇回展）に出品している。このときの大月の胸中には、没後三五年を経てもなお公にするのをはばかるように書き認《したた》めている先刻の回想にみるとおり、凝《しこり》のように重たく複雑な思いが入り混じっていたに違いないと推測される。これを観にきたある批評家が、「いまどきこんなテーマでもあるまい」と、大月の心情を逆なでするふうな物言いが聞こえてきて、「一蹴される」と書き残している（小樽美術館所蔵のコピーで、執筆年月日も掲載誌も不明の題名もない縦書き原稿用紙に綴られている一文。精神科医の上野武治《たけじ》〈一九四三年～〉提供『美術運動史』No.一五八〈一六・一二・二〇〉所収）。

以来、大月はこの画布を折りたたんで物入れにしまい込み、絵描きの仲間はいうまでもなく、他の誰にも見せることなく、七一年三月一八日、慢性気管支炎で亡くなってしまう。享年六七歳であった。そして、遺品の整理を遺族、子息の耕平氏から頼まれた画家の富田幸衛《ゆきえ》（三二年～）がこの物入れから、傷みの激しい、絵の具が剥がれ落ちてしまいそうな画布を、ガラス板を当てがってとり出したのである。サインも制作年月日の記載もなかったので、これが上杜会展の出品作「走る男」であるのかどうか、この作品を観た人もいなかったから、確かめるのにかなり手間取ったという。

富田は筆者のところから徒歩で北側に三〇分のところに夫人を介護しながらお暮らしになっていたので、直接訪ねてお話をお伺いする機会を得た。一九四六年四月に国鉄職員となった富田は、油彩を学びに通っていた画家伊藤仁のところに大月がよく訪ねてきて知遇を得るようになる。そして五二年一〇月、北海道生活派美術集団を結成（この集団結成の提案は、当時の道内のリアリストグループを代表して大月が起草）、札幌大丸ギャラリーの生活派展開催にかかわり、五六年の第二回展から正会員として活動してゆく。そして「労働者に親近感をもって接待する大月」に親しみ、自宅にまで伺うことが習いのようにもなっていた。それで遺品の整理を依頼されたのだろうと、富田は大月の家族との交わりの親しさを語っている。そういう間柄でありながら、「大月は決して『転向』のことや『走る男』等の話は一言も漏らしたりするなど、口にすることはなかった」と、口重たく語るのであった。その富田が、「第九章　評論―戦前期の補論として『時代の証人大月源二』―出生からプロレタリア美術運動時代　Ⅲ、プロレタリア美術運動時代（一九二七―一九三五）(7)挫折―傷跡をいだいて[12]」のなかで、「それ（「転向」〈富田は「屈服」と記述〉したという敗者の負目――引用者）が二度と同じ誤りを繰かえすまいとする十字架を背負ったことにもなった」として、次のようなコメントを記している。

一九三五年（昭一〇）一一月、心に深い傷跡を抱いて源二は出獄する。転向を認めたのである。源二の転向は当時の想像を絶するような外的な強制力が直接の引金になっているのであって、マルクス主義そのものに対する懐疑からではなかった。勿論運動の未熟からくる疑問や反省がなかったわけではないが、それが主要な原因ではない。ただ本人の心の奥底に起った転向の動機は、戦後にも語られていないので推測の域を出ない。

本質的には本人の内面に転向があったかなかったかは、自己のみを証人とする領域であって、真実は本人のみにあるというべきであろう。ただ「屈服した」という敗者の負目が常に彼を苦しめていたことはまちがいない（頁一九二）。

金倉は前掲書でこの部分を引用して富田の「指摘通りだったのだろうか」と疑問を呈し、幾人かのプロレタリア美術画家の転向者の発言を紹介しながら、大方の画家がそうであったように戦争に協力し、時代に同調して生きてきた「悔恨をずっと引きずってきてい」る経過を追って、大月の「生涯の生き様を見」ている（頁一五二）。金倉はそういう自分の思いにひきつけて大月の作品を観る傾きをとるので、「走る男」と同じ年に描いた「自画像」（口絵ⅳ頁参照）も、「仮釈放後……の鬱屈した暗さはない。むしろ対照的ですらあるだろう」（頁三一）。「じっと何かを見据えている。その表情は、諦めたり、悟ったりした表情ではな」く、「ある決意をこめて耐えている、……その目はむしろ居直りに近いと見」（頁八九）てしまうのである。この眼差しで観ると、「走る男」には『『屈服した』『敗者の負目』の姿をみることは難し」く、「『心に深い傷跡を残して出獄』した転向したとは思えない大月源二の顔が見えてくるのであ」（頁八九）ろう。

　他方、先の生活派美術集団結成の頃から大月の傍にいて親交を結んでいた富田は、三七年作成の「自画像」と「走る男」を以下のように観ている。

> この二点の作品を観て思うのだが、源二の当時の複雑な内面を反映しているとみれる（ママ）ものである。
>
> 「自画像」にはこれからの未来に対する確定的な視座をどこに置くか、そこに思いをめぐらす苦悩の自我が表白されている。それに対して「走る男」には驚くほど明るいオプティミズムが画面に満ちている。
>
> このアンビバレントな感情こそが源二の内面を語っていると見てよいであろう。
>
> いずれにしても源二の精神的陰影を垣間みせる作品である(13)。

　このときの富田もまた、「走る男」を大月自身を描いた作品とみての評言であるが、金倉のそれと違うのは、対象に迫る画家の透徹した眼差しで制作者の声を確かめようと向かい合っているのが分かる対応である。作品を観照する作法というものは、自分の思い入れからではなく、虚心坦懐に対象と対面し、その作品に込められた制作者の声を確実に聴きとることから始める営みが求められよう。そのことを期せずして教えてくれたのが、この二人の作品に対する向かい方の違いであり、貴重な機会となった。

以上にみてきた「走る男」のこれらの観かたは、いずれも大月と共同の美術運動をしてきた盟友の須山計一（一九〇五年〜七五年）が大月を追悼する一文「大月源二の死をいたんで(14)」のなかで、この作品を「赤ふんどしで囚人運動中のかれ自身をかいたものだ」と述べていることから、誰も疑問を持たずにそう思い込み、この観かたが独り歩きして、「走る男」が大月自身を描いた像としてみられてきたところに、その功罪があったといえよう。

この「走る男」を大月自身の「多喜二鎮魂」の作品とみる精神科医の上野（北海道大学名誉教授）は、先刻の富田の評言に触れて、富田の読み解く大月の「自画像」について、「どんより暗い色調を背景に厳しく突き詰めた視線で苦しんでいる表情であり、釈放の喜びや解放感はまったく感じられない……むしろ、大月は自分の苦悩を『自画像』に描き留めたのではないかとさえおもわれる」といい、「『走る男』の制作という『喪の作業』を通して、亡き多喜二に慰められ、励まされ、明日に向けて気持ちを切り替え、画家として再出発できたのではないだろうか。『走る男』は文字通り『大月再生の絵』であった」（頁一七六）と、確信をもって述べている。また、別のところで、「この絵は三年前に殺された多喜二を弔い、彼の闘う遺志を表すために描かれたものである」（頁一七二）とも言い、例の「下書き」の裏側に「ファッシズムと転向の時代」と記載されている文言に言及して、この後に続く一節に注目して紹介している（頁一七五。金倉は前掲書の一五二頁で、どういうわけか同様の下書きの文言が「裏面に……書かれてあった」とだけ記して以下をカットし、その語句が「獄中からの転向にはじまって……戦争協力に」傾いてゆく動向と「合致する」と結んでいるのである。牽強付会としかいいようがない）。

> 多喜二は転向も、屈服も、非転向獄中十何年の経ケン《ママ》も知らずに殺されてしまった。時に三十才。ロシアの詩人プーシキンに言わせれば人生の正午である。人生の杯を、底の底までのみ干さずに捨てる者は幸いである。かれの全生涯は正午の太陽のようにあかるく透明に燃えくるめく存在ではなかったか

そして、この引用の後に、「大月は『走る男』の制作当時も、多喜二を『太陽のような存在』と見なして絵に表現しようとしたのであろう」とコメントしている。

なぜ大月の描く「走る男」が「多喜二」なのか。ここはそれを論ずる場ではないので、その論証は上野の【研究ノート】『大月源二の絵「走る男」が現代に問いかけるもの—歴史問題の清算と障害者の権利回復との関連—』[15]に譲るが、大月は多喜二鎮魂の絵ばかりでなく、多喜二ゆかりの地の風景、風物を彼の追悼の絵として作品化していて、上野は八〇年も過ぎて変貌しているそれらモデルの原型を探し訪ね、作品との照合、確認、検証、記録化などの作業を丹念に続け

今日に及んでいる。そして、一六年一二月には「大月源二《給水場の合う丘》《早春の一隅》――盟友・小林多喜二追悼の関連で(16)」を発表したりしている。これら多喜二鎮魂をめぐる上野の考察・研究は、外濠を一つひとつ丹念に埋め尽くした後に、はじめて本丸に迫り確かめてゆく入念な作業になっていて、それは敬服される対象追究の姿勢である。

小樽美術館が大月の「走る男」を購入したのは、〇一年である。精神科医の上野がこの作品と出会うのは、彼が「障害者のリハビリテーション」の担当医であり、その営みが「失った権利や名誉の回復、復権」とも関連してくるところに所縁《ゆかり》があった。この「走る男」の購入を報じた新聞紙上の作品の色調の明るさと色彩の鮮やかさが記憶に残っていた上野は、〇九年一二月のリハビリテーション関係学会開催を報《しら》せるポスターに、前年度の学会で用いられていた絵(制作者の強い不安が表現されていた)とは違う作風のこれを「リハビリテーションの絵」として採用したくて、当美術館にその旨を申し入れた折に、所蔵されていた「走る男」に初めて対面する機会が、上野のこの作品と長くつき合ってゆく端緒であった(上野との対談から)。

それはこの絵の「男」の背後に小さく描かれた「塔のようなもの」に目が留まったことにある。そこで現地に赴いて確かめの作業をするなどして検証をすすめ、これが「一九三一年に復旧された豊多摩の庁舎時計台《どけい》(17)」であることを突き止めたのである。この調査の手堅い作業が、甲府刑務所の獄中の運動場を「走る男」が「大月自身」であるとする従来からの説を覆す、決定的な決め手になったのである。大月の描いた「走る男」は、多喜二自身の「獄中で闘う姿」を描いた

「鎮魂の像」なのであった。

　筆者がこの上野の考察を支持するのは、上野と同様、この作品の中央部に描かれている男の左後ろの「(時計台の)塔」が、既出の山田に宛てた豊多摩の多喜二からの手紙（注　山田の回想記『わが生きがいの原点』の「2豊多摩刑務所で（上）」に紹介されている「手紙」の全文は、『定本　全集』第一四巻頁一三〇の「一〇二」でみることができる）の最終段落の書き出しに、

　　此処に時計の塔がある。そこから、石工の音が、仕切りなしに聞こえてくる。これもう出来上るころだろう（傍点は引用者）。

とあるのを読んでいて、この「時計の塔」がキャンバスの中央に描かれた「小さな塔」であることを知ったからである。

大月は三年前に虐殺された多喜二を悼み、豊多摩刑務所の狭い運動場を明るい光と青く晴れた空の下を走る力強い意志的な男＝多喜二を描くことで、その闘う遺志を示す絵に仕上げ、大月の鎮魂の思いを描いたのである。傍の大きな向日葵やカンナは、さながら供花のように描き添えられていて、制作者の弔いを供する気持ちを表したものとみることができよう。

　先にも引用した大月の「多喜二と私」を読みすすめてゆくと、次のような回想に出会う。

二八年の「『戦旗』一一月、一二月号に発表した」「一九二八年三月十五日」の「カットを描」き、

続いて翌年の同誌五、六月号に発表した「蟹工船」の「さしえを描」くなどして、「独房」（三一年六月）を出した一ヶ月後に、多喜二は「都新聞」（「東京新聞」の前身）に連載小説「新女性気質《かたぎ》」（後に『安子』と改題）を「書くことにな」り、「このさしえ画家として多喜二」から「強く……推薦」され、「八月二三日」（第一回）から「六九回続けられ、一〇月三〇日の分のおわりに『この小説は前編だけで一先ず打ち切ることにします』とことわりが出て、あわただしく終わりを告げ」る。こうして「多喜二の文学と私の絵画との接点は、この」作品で「最後のものとなった」と記している。

二人の日本共産党入党は「ほぼこの頃に前後して」いて、「文化・芸術団体内のフラクション（党組織。三一年一〇月入党の多喜二は作家同盟の党グループ員となり、二四日結成の日本プロレタリア文化連盟〈コップ〉の中央芸術協議員。同月入党の大月も多喜二同様コップの芸術協議員。三二年二月の「コップ」指導部検挙の後をうけ臨時書記長。いずれもそれぞれの「年譜」による――引用者）としての活動をはじめ」るが、「一九三三年（三二年――引用者）の三月からコップへの大弾圧がはじまり、多喜二は危うく検挙をのがれて地下に潜り、私はコップの臨時書記長として中央協議会の再建に努めているうちに、この落合の家から検挙され……治安維持法で起訴され、豊多摩刑務所に」（頁二九四～二九六）収監されるのである。

この間の二人の関係を大月は、私たちの「呼吸はピタリと合った」（頁二九五）間柄と述べている。それは同郷の一歳違いで小学校卒業後に水彩画の友として交わりを深め、それぞれの伯父からの援助で進学している似たような境遇の多喜二と大月が、一方は作家として他方は画家として感情の面でも思想の面でも私たちの「呼吸はピタリと合っ」て相互に支え、励まし合って活動してきた盟友であったことを象徴する言辞である。

それだけに三三年、豊多摩の「早春の独房のなかで『小林多喜二殺さる』という悲報を読んだ[18]」（頁二九六）大月の心中は、想像に絶するほどの衝撃にうちひしがれ、語る相手もいない独房のなかでどう向き合ったか、筆舌に尽くせぬものであったろう。既出の「下書き」にもみたとおり、「大きなショック、目のさきがまっくらになる」ほどの衝撃で、その怒りや悔やみ切れぬ悲痛な思いを抱えて独り悶え、どうにもならない苦痛を歯噛みして堪《こら》えながら悼み悲しんだことであろう。

精神科医の上野は先の【研究ノート】で、この衝撃は「精神医学的には『急性ストレス障害』の様な状態に陥り、それまで堅持していた『抵抗』は砕かれ、予審判事の取調べに抗することもできずに転向したのではないだろうか。その結果が多喜二の死から一年後の判決であった」と述べている。そして、奥平康弘の『治安維持法小史』（岩波現代文庫　〇六年六月）から「未決（に——引用者）特有な形で『転向』に（へ——引用者）いざなう道筋がつけられていた」（頁一六六行四）ことを紹介している。精神科医ならではの視座からの考察で、首肯できる見解である。

他方、筆者は三五年一一月に甲府刑務所から出所（三日）してきていた監視付きの大月を、早々に伊藤ふじ子（三一年一一月上旬、奈良に志賀直哉を訪問の後、地下活動に移った多喜二を援助し、下旬に結婚。一九一一年〜一九八一年）が訪問していることに強い関心をもって推察している。ここに大月の「走る男」制作の契機があったとみるからである。無惨な遺体の多喜二の下にひれ伏す間もなく、官憲からの監視と検束の危険から身を護るためにあわただしく無念の思いを抱いたままその場を立ち去って(『定本　全集』一五巻所収の江口「われらの陣頭に倒れた小林多喜二」頁一五五～一五六による)以来、周囲から姿を消していただけに、この訪問は、ふじ子の並々ならぬ決意によるものであったことがうかがい知れよう。そのようなふじ子が、先刻も触れたように、釈放されたとはいえ今なお厳しい監視下にある大月を訪ねているのである。おそらく夫多喜二の亡骸の悲惨な姿や、拷問死させられた悔やみ切れない無念な胸の内を夫の盟友、大月に伝えたい思いを深く抱えての訪問であったのに違いあるまい。官憲に身を曝す危険をおかしてまでの訪問であったからである。そうまでして訪ねられた大月の側も、盟友の妻であったふじ子の身の安全に心配りをしなくてはならなかったであろうから、それ相応の応対をしつつ語り合ったに違いない。そのような事情から大月もふじ子もこのときのことは何ひとつ記録してはいないが(上野は先の【研究ノート】で「〈江口が〉……現在の彼女の生活にめいわくをかけたくない」という「同じ気持ちであった」ものの、「大月が保釈や服役の経過の公表までも断念したのにはより深い理由があったものと推測される」〈頁一六八〉と述べている)、共に多喜二の通夜(二二日)にも告別式(二三日)にも出席できず、三月一五日の労農葬(「革命戦士最高の栄誉」〈『定本　全集』第一五巻所収の手塚英孝「小林多喜二小伝」頁二〇一〉にも参列できなかった二人は、そのやりきれなさや口惜しさを抱えてきたふじ子の胸奥の深い思いを聴き、大月もまた多喜二を残酷な仕打ちで失って悔やみ切れないでいた悲痛な思いを語るうちに、画家としてできる自分に問い迫られた営みは、「多喜二追悼の思い」を伝える作品を描くことに思い決め、ふじ子にそうする約束をしたのではないか、などと推測するようになったのである。

大月の「走る男」は、画家として盟友の多喜二を追悼する「鎮魂の絵」なのであった。そして、大月の「転向」も、筆者はこの大月の決意と一体的につながっていると見るのである。

故郷を同じくする二人の結びつきの関係の深さについては、既にみてきているところである。それだけにこの盟友の多喜二をまったく思いもかけない無惨な非道極まりない拷問による惨殺によって喪《うしな》った衝撃、その怒りと悲しみと無念さは、既出の「下書き」に残された傷ましいとしか言いようのない語句から推察するばかりである（「切歯扼腕《せっしやくわん》」などという常套句では到底納まり切らないほどに複雑な心中であったろう）が、その果てに大月の脳裡に浮かんできたのは、どんな思いであったろうか――おそらく、このまま多喜二と同様な活動を続けて生きていたのでは、自分もまた盟友と同じく生命を奪われるのではないか。それは了《りょう》としても、そうとなれば一体だれがこの盟友多喜二の死を悼み、鎮魂してゆくのか……そう考えると、多喜二を鎮魂してゆくのに最もふさわしい誰かは、二人の「呼吸はピタリ合った」自分しかいないことに気がついて、これまた愕然とし、しばらくは沈黙して独房の壁と向き合い、自己内対話に終始していったのではあるまいか。そして得た結論が、大月の決意した「転向」であった、とそう筆者は思うのである。

これは富田、上野との対談でも話し合ったことではあるが、上野の場合は先にみたとおりながら、画家としての生き方を選択したことにも気持ちが傾くとも言っている。また、富田は繰り返しの引用にはなるけれども、「推論の域を出るものではないが」と断りながら、「おそらく革命運動における自己犠牲の姿が『死』という現実を避けられないと考えた時、その衝撃は想像以上のものがあったろう」といい、それは「理論の上での確信が根本からゆさぶられるような衝撃であったに違いない」と語るのである。しかし、大月家に親しく出入りしていた富田ではあったが、大月の口からは「転向」についても「走る男」の絵についても一切黙して語ることのないままに亡くなってしまったのだという。だから、遺品の中から富田が画布を見付けても、かなり傷んではいたものの、それが「走る男」であることを知るまでに時間がかかったりもするなど、誰にも知られていないほどに秘匿《ひとく》してきていたのである。北海道生活派美術集団の結成（五二年一〇月二八日）のときも、ほとんど触れないできたが、その結成を呼びかけて「結成の提案書」（五二年三月二〇日）を書き上げているが、それまでには時間をかけて容易には動かなかったと、傍にいた富田は語っている。それは、「転向」のこととともかかわってこようが、三〇年代からの文化・芸術団体の間での階級性、社会性をめぐる運動と論争の歴史を自分の今後の生き方と結んでどう前進的に整理し、受けとめてゆくかという課題とも関連があるとみられるが、ここではこれ以上の深入りは止め、別の機会に譲りたい。

　このように関係する経緯をたどってくると、これらの経過は、「走る男」以後に描いてきていた多喜二とゆかりのある土地の風景、風物の作品も、上野が論証してきているように、多喜二を鎮魂する絵であることは、その営為そのものが大月自身の画家としての、また人間として再生の道程を語る作品群である、ということができよう。そして、このように生きてゆくことが、多喜二の盟友としての関係性を切り結んでゆく道程だったのである。

4．一八六九（明治二）年から始まる出版物の検閲

この出版物（普通出版物、雑誌、新聞紙の三種）の検閲は、調べてみてわかったことではあるが、明治二年の一八六九年から始まっていた。当初はその準拠法を異にしていて、普通出版物は五月一三日発布の出版条例及出版願書雛形、新聞紙は二月八日の新聞紙印行条例がその最初である。この後、条例はそれぞれに改正され、六年後の七五（明治八）年には両条例ともに、それまでの官許を前提とする事前の内務省による検閲許可から届出制に改め、出版の自由を認めるようになっている。

しかし、一八八七（明治二〇）年になって、再び両条例は改正され、届出制は変わらないものの、発売禁止とその行政処分および司法処分の規定があからさまに打ち出されてきているのである。

治安ヲ妨害シ又ハ風俗ヲ壊乱スルモノト認ムル文書図画ヲ出版シタルトキハ内務大臣ニ於テ其ノ発売頒布ヲ禁ジ其ノ刻版及印本ヲ差押ルコトヲ得（……新聞紙ハ……其ノ発行ヲ禁止シ

若シクハ停止スルコトヲ得／〈そのときは――引用者〉内務大臣ハ其ノ新聞紙ノ発売頒布ヲ禁ジ其ノ新聞紙ヲ差押ルコトヲ得）

これは出版条例第十六条（括弧内は新聞紙条例十九条、二十条）の行政処分の規定である。そして、この条例改正でその「届出」は、「文書図画」の場合、「発行ノ日ヨリ……十日前製本三部ヲ添ヘ」、「新聞紙」の場合、「発行ノ日ヨリ二週日以前ニ発行地ノ管轄署ヲ経由シテ」、いずれも「内務省ニ届出ベシ」としている。

しかし、事前検閲を廃止して届出主義にしたとはいいながら、結果的にはすべて発行前に「届出」をして、それが「文書図画」は十八条、「新聞紙」は第十九条に抵触する場合、「発売頒布ヲ禁ジ」て、前者は「其ノ刻板及印本ヲ」、後者は「其ノ新聞紙ヲ差押ルコトヲ得」としているわけだから、「事前検閲」＝「許可主義」と何ら変わるものではなかったのである。

この後、出版条例は出版法（九三年―明治二六年）となり、一九三四（昭和九）年にその一部が改正された。新聞紙条例も行政官の発行停止禁止権を削除して、告発による発行停止だけを認める（一八九七年）などの変更もしていながら、一九〇九（明治四二）年の新聞紙法に改まるや、再び行政官による行政処分を認める逆戻りの改悪に出版法の改正がおこなわれ、そのまま一九四九（昭和二四）年に廃止されるまで引き継がれた。

この間、実は治安維持法が公布された翌年、政府は第五十一議会（一九二六年）にそれまで二本立てだった出版法と新聞紙法の異同や不均衡を調整し、統一した単一法に改める出版物法案を提出するが、審議未了に終わり、二七年の第五十二議会に再度上程している。しかし、再び審議未了となり、廃案になる経過をたどった。

この改正法案の「大眼目ノ一ッ」は、先行する議会での説明によると、出版物に掲載を禁止する事項を列挙したことであって、それは「現行法ノ安寧秩序ヲ紊《みだ》シ風俗ヲ害スルトイウ事項ノゴトキ抽象的辞句ヲ排シ、具体的ニコレヲ七項目ニ分類列挙シテ、以テ広ク社会ニ対シテ、アラカジメ其ノ拠ルベキトコロヲ明示スルトトモニ、取締ノ適切ヲ期シ」(「提案説明書」)たからだというのであるが、この「七項目」が審議未了で廃案になった後から、行政処分にする検閲基準の準拠すべき手本として生き続けてゆくことになるのである。

もっとも紛糾したのは、これが著作、出版の行為を著しく制限し、一番の眼目である出版物掲載事項の制限に関する禁止事項（法案の第四章）で、「皇室ノ尊厳ヲ冒瀆スル」ことと「国体ヲ変革セントスル」ことに限って、その掲載を処罰の対象にしている点についてであり、制限するばかりでこれらの保護規定もないことが問われたのである。

決着をみないままに廃案になったものの、後で考察することになるが、治安維持法以後の出版物の取り締まりは、この時に上程された法案（先にもみてきているとおりの、それは明治期に成立している出版法、新聞紙法を基本にして、その一部を改正したもの）に規定されている目的と方針にしたがって忠実に遂行され、「隠れた法」として猛威を振るうことになるのである。

こうして廃案の出版物検閲法は、行政処分として執行され、言論・出版の自由権を根こそぎ剥奪して、思想・表現の自由権を思うままに封殺し、著作権・出版権を抑え込む恐怖の法として息気《いき》を吹き返してゆくのである(19)。

ここでは、一九二八年に発表して発売禁止にされた『三月十五日』から伏字本の『蟹工船』を収載した改造文庫版が出版されるまでの間にみる出版法による検閲の取り締まりがどのようなものであったか、しかも、作品ばかりでなく、何とも悔やまれてならないが、多喜二の尊厳な生命までをも暴虐なやり口で奪ってしまう社会とはどのような時代であったか——これを以下に検証してゆく。

5. 帝国政府発足早々の出版条例公布のねらい

既にみてきたとおりであるが、何ゆえに出版物を取り締まる出版条例なるものが、明治政府の発足も早々の一八六九年五月に公布されているのか、である。

徳川慶喜が大政を奉還した後も、天皇を擁する薩・長・土・肥などの藩閥政権は佐幕派の旧幕府軍と武力衝突(戊辰戦争)を避けられず、幕府の禁令を引き継ぐようなありさまで、江戸を開城して東京と改め、明治と改元して民心の一新を図るが、会津藩の一揆をはじめ関東、東北などから始まる貢租軽減を求める一揆の運動は全国に広がり、政情は不安定のまま人々の不安と動揺はなかなか治まらなかった。こうした中でも政府は版籍を奉還（全国の藩主が領有していた版図＝領地と戸籍＝領民を朝廷に返すこと）させて、封建政治から中央集権化への路線に切り替える大変革に踏み出し、工場、鉱山の官営化をすすめ、富国強兵をめざす殖産興業の政策を展開してゆく。そして廃藩置県をおこない、学制を敷いて義務教育を制度化し、新橋・横浜間に鉄道を開業させ、七三年には徴兵令を発布したりして、大日本帝国憲法の制定に向けて、明治天皇政権の強固な土台構築の作業をひた走りに進めてゆくのである。

新聞や図書などの出版物は、こうした体制づくりにとって世論を形成する働きが大であったから、政府はこれを重視し、最初に新聞の条例化からすすめ、先刻も示した七五年の改正では、これを反政府運動と言論弾圧のための讒謗律《ざんぼう》（新聞紙条例）にしてしまうのである。

補足しておけば、八七年以前の八三年にもさらに言論の取り締まりを格別に強化する新聞紙条例の改正（四月一六日）がおこなわれていて、引き続き出版条例も内容の事前届出制と罰則強化の改正を公布（六月二九日）したりしていた。

一八八九年二月一一日、秘密裏に憲法制定の作業をすすめていた政府は、天皇の定める憲法として大日本帝国憲法（以下、帝国憲法）を発布する。天皇からそこに提起された明治の国家像は、第一条で、

大日本帝国ハ万世一系（天照大神からその子孫に至るところ――引用者）ノ天皇之ヲ統治ス

とあって、その「天皇ハ神聖ニシテ侵スベカラ」（第三条）ざる存在であり、しかも「国ノ元首ニシテ統治権ヲ総攬シ此ノ憲法ノ条規ニ依リ之ヲ行フ」（第四条）とあるように、神聖にして不可侵の唯一絶対の存在である天皇＝現人神《あらひとがみ》による専制支配（国を統治する立法、行政、司法の全ての権限を天皇が握る絶対主義的天皇制）、つまり主権在天皇の国家である、というものであった。国民はというと、それは「臣民」（天皇に仕える部下、家臣）であって、その権利と義務は天皇が認める範囲に限られる民草の存在に位置づけられている（第二章）、そういう体制の国家であった。

したがって、議会も政府の諸機関もすべて天皇の統治＝政治支配を受ける補助機関であった。とりわけ重大なのは、軍隊と戦争、条約と外交、戒厳令の権限は「天皇の大権」と称《よ》んで、国会も政府も口を出せない聖域とされていたことである（第十一条〜第十四条）。

そして、この憲法が発布された翌年、九〇年一〇月三〇日、今度は「教育ニ関スル勅語」（以下、教育勅語）を公布するのである。その眼目は、「一旦緩急《かんきゅう》アレバ義勇公ニ奉ジ以テ天壌無窮《てんじょうむきゅう》ノ皇運ヲ扶翼《ふよく》スベシ（国家の一大事である戦争が起きたら、お前たちは勇気を奮い起こして身も心も天皇に捧げ、御国《みくに》であられる天皇家のために尽さなければならない――引用者）」の「精神」を国民にひとしく教化すること（身に付くように教え導くこと）にあった。

よくみてみると、この「勅語」には他のそれとは違って「副署」（各大臣の署名）がないのである。これは天皇の署名だけの特別なもの、畢竟《ひっきょう》、天皇＝現人神の名において、直《じか》にすべての臣民に対して与える「神様からのお言葉」（臣民の心がけを説諭する天皇からの直言）であることを示す文書にしたからであった。

何故そうしたのか[20]。帝国憲法発布の翌年に続けて教育勅語を公布しているのは、そこに積極的な結びつきを誰もが推測するように、一体的な意図があったからである。それは天皇家を日本国の中心に奉り、これまでの「藩を以て国とする」旧習に馴染んでいる人々の心に、直接「日本帝国」への帰属を働きかける不可欠な必要を、天皇権力の中枢は緊急の課題として差し迫られていたからである。これはまた、新体制の下に思うように統括することの困難を強いられていた地方官、県知事たちからの、切実な要請でもあったのである[21]。だからこそ、現人神からの直接の「お言葉」＝勅語を求め、これによって人心の混迷を新生大日本帝国に収斂させようとしたのである。

その意図をこのように読み解いてみると、教育勅語が国体（天皇とこれに仕える臣民との固い契りによって保持されている天皇制国家）を守り、維持するために、個人の道徳もその目的の枠組みの中に位置づけ、個人を国体の中に解消させたのも得心できる。したがって、教育勅語に謳われた一四の徳目（道徳の項目）は、すべて天皇主権の下で公＝天皇制国家に奉仕するための臣民の心構えとして示されるのである。先に挙げたこの勅語の眼目の文言は、そのことを端的に物語っていよう。すべては「一旦緩急アレバ」の結び、臣民の働き＝務めを説いた教えに収斂してゆく組み立てにしつらえた構図を巧《たく》みに組み込んでいる、周到な用意がはかられているのである。文脈をたどれば、それは一目瞭然なのではないだろうか。

しかし、この教育勅語（以下、勅語）をめぐって繰り返される与党議員のあれこれの発言を聞いていると、どうも文脈をたどって文章を読まない――ひょっとして、読めない（？）議員諸氏があまりにも多いのに呆れ、驚かされる。それを知っていて、なお高を括ってそうしているのか、と考えたりもするが、いずれにしても放っておけない憂慮すべき事態である。いくつかの事例に即して、以下にみてみよう。

いわゆる徳目を語った第二段の「爾臣民父母ニ孝ニ兄弟ニ友ニ夫婦相和シ朋友相信シ」に始まる一節であるが、よく引き合いに出される件《くだり》である。この「『父母ニ孝ニ』など現在にも通ずる『親孝行』という大事な真理でないか」などと与党の大臣が主張したりして、国会でも議論されている文言である。この勅語を持ち上げ、「兄弟仲良く、夫婦相睦まじく、友人は互いに信じ合い」（引用者訳）などは普遍的な真理であり、今日でも人間の行いとして、道として通用する道徳であるのだから、勅語の「こうした内容に着目して適切な配慮のもとに活用してゆくことは差し支えないものと考えて」（藤江陽子文部科学省審議官　一七年二月二三日　衆議院予算委員会）いるとか、これを「憲法や教育基本法に反しないような形で……教材として用いることまでは否定されていないと考えている」（同年三月三一日付け政府答弁書）などと、教材への持ち込みを公然とすすめてきているのである。あれこれの経緯はあったものの、すでに一九四八年六月一九日、国会が全会一致でこの「教育勅語」の排除・失効を決議して、これを廃止しているのに、である。

筆者がこれらの動きの中で注目するのは、稲田朋美議員が防衛大臣であった時、以前からも勅語をすべていいと評価していて、「勅語に流れているところの核の部分、そこは取り戻すべきだ」と語っていることである（同年三月八日　参議院予算委員会）。大臣をしてこのような発言をさせている背景に何があるのか。

一六年一一月「明治の日」実現を求める集会で、稲田防衛大臣（当時）は次のように語っている。

……神武天皇の偉業に立ち戻り、日本のよき伝統をまもりながら改革を進めるのが明治維新の精神だった。その精神を取り戻すべく、こころを一つにがんばりたい

そう言うのである。「神武天皇」は神話上の人物であるが、その「偉業に立ち戻り」と語る稲田防衛大臣には、神武の時代が歴史上の実在する世界であって、軍事的な国家統一の「偉業」を成し遂げ、神として祀《まつ》られているその神武の「偉業」を「日本のよき伝統」として、これを「守りながら（日本の――引用者）改革を進める」というのだから、「国家神道を『取り戻すべく……がんば』る」といっているようなもの言いである（この件《くだり》は、島薗進「伊勢神宮参拝など閣僚の行動・発言　国家神道復興の影」〈一七年二月九日付け「朝日新聞」の「憲法を考える　揺らぐ政教分離」所載〉参照）。

他の大臣、議員たちも同様な思想、信仰の傾きをもっているのか、勅語の夫婦愛、兄弟愛、友

情を「今日に通用する道徳」であり、このモラルの教材化を企図しようとしている発言が続いている。勅語のこれら一四の徳目（一二の説もある）は、少なくとも明治憲法下の絶対主義的天皇制が求める道徳であり、「朕《ちん》」が自らの署名だけで発した「教育勅語」で、みずからのことばで直に「臣民」＝家臣・部下に身につけるよう命じた徳目なのである。したがって、そこには夫婦愛一般、兄弟愛・友情一般を示しているのではなく、絶対主義的天皇制・家父長制下のタテの道徳であるそれぞれの徳目を唱導しているのである。これらは民主主義時代の現憲法のそれとは相容れない徳目である、と言わなくてはならないであろう。しかも、ここの文脈をたどれば、ただに徳目を挙げているのではなく、この段は前半の徳目の列挙に続いて、すべては以下の「一旦緩急アレハ義勇公ニ奉シ以テ天壌無窮ノ皇運ヲ扶翼スベシ」に収斂するように組み立てられているのである。それは「臣民の働き＝務めを説いた教え」であり、この文の末尾のその時（のっぴきならない緊急事態＝戦争勃発のとき）の責務（「義勇公ニ奉シ……皇運ヲ扶翼スヘシ」）が全うできるよう、普段からこれらの徳目を身につけ、十全なものに育て上げていなければならないのである。そういう「臣民」の日常からの務めを述べているのである。文脈を忠実にたどってくれば、そうなってくるように語句や文言が選ばれ、用いられてこの一文が組み立てられていることが分かるであろう。

一文々々に用いられている語句や文言はそれ自体が独立して意味をもっているのではなく、それは付属語（助詞や助動詞）の果てまで執筆者が文脈上の必要からそこにふさわしく選択して用意し、セットして綴ってゆく固有な表現のことばなのである。ことばはこうしてそこに位置づいてはじめて生命の息づいたことばになっていて、そこだけの特別な意味をもった語句や文言になっているのである。したがって、文脈と切り離してそのことばを一般的な意味で読んだのでは、その真意を正確に読み取り、理解することを妨げることになってしまうであろう。誤解は、しばしばそういう読み方から生じた帰結である。したがって、文章を正確に読み解く読解作業の基本は、何よりもまず対面している表現を文脈にしたがって忠実たどり、その語句や文言が語る筆者の声を聴き澄まし、正確に読み解き、理解してゆくことにある。読者の虚心坦懐な試みといっていい。それは対面する文章とその執筆者に対する、読む側のまっとうな礼儀である。道徳とは、モラルとはそうものであろう、こうしてはじめて書き手と読み手との対話が成り立ち、相互の豊かな交流が交わされてゆくようになるのである。

一九一七年のロシア革命の影響は欧米諸国にさまざまな動きをもたらし、第二世代の人権（社会権）確立のたたかいの広がりをみせてゆくが、東北アジアの日本や中国、朝鮮でも自由権と併せてこれを求める国民の側からの運動がすすめられてゆく。日本の場合、帝国憲法発布以前から『民権自由論』（一八七九年）などを主張して、民主主義を追求する憲法案（「日本国国憲按」）を提起した植木枝盛《えもり》らの自由民権運動があるが、やがて国外への勢力拡大に目が向けられるようになっていったりしてしまう。八九年の帝国憲法制定の背景にはこうした動きのあることもみておかねばならないが、すべてを天皇の専制権力の下に封じ込め、アジアへの侵略を準備してゆくのである。

ロシア革命の影響は帝国憲法下においても抑えることはできず、二二年七月一五日、主権在天皇の社会から主権在民の社会への道を求め、民主主義と反戦・平和の実現を掲げる日本共産党が創立される。しかし、「神」である天皇の絶対主義的専制の下にあっては、「皇室の尊厳冒瀆の事項流布を目的とした運動」や「国体の変革を目的とする運動」を許すことなど、決してあってはならない事態であったから、二五年三月の帝国議会は、「治安維持法（第一条から第六条までが前者に関する規定、後者の規定はこの後の九条まで、第十条から十三条までが「私有財産制度の否認を目的とした運動」に関しての規定——引用者）」を成立させ、四月にこれを公布する。そして二八年六月、緊急勅令により、これを「死刑法」に改悪するのである。したがって、帝国議会は翌年の三月、これをただ事後承認するだけだったのである。

こうして時代は、帝国憲法と教育勅語の体制的な枠組みの下で、主権在民を求め、民主主義と平和を希う政党や個人、研究者、市民の根絶を剥き出しにした死刑法の治安維持法を用意し、それらをセットにした三本柱を軸に、国民を「臣民」にしてこの民草を現人神である天皇の下に掬い取り、靡《なび》き伏させてゆくのである。そして、一切の抵抗、抗議、反論を禁じ、これを罰して、半ば封建的な地主制度による大土地所有制下の小作農民に過酷な労役と収奪を、他方、独占資本主義による無権利なままの労働者に無惨な労働と搾取を、共に強いるきわめて非人間的な専制支配の政治を執りおこなっていったのである。

このように絶対主義的天皇制は憲法だけでは成り立たず、教育勅語と治安維持法の三セットが一体となってはじめてその体制を全国の南から北への列島の隅々にまで貫徹させることができたのである。まさに「不可欠の三本柱」といっていい。そしてこれに続く朝鮮に対する植民地支配も、長期にわたるアジア侵略の戦争も、それらはこの仕組みがもたらす政治、経済、軍事の発動としてすすめられていった、無法で野蛮な専横きわまりない政治的行為なのであった。しかもそれは欧米諸国の植民地拡大による経済的利益の追求という関心よりも、むしろ軍事的な拡大追求からくる国境線の安全確保のための領地拡張が優先する戦略に基づいた行動であったことが、三谷太一郎の新書『日本の近代とは何であったか』で考察されている(22)。それだけにこれらの行動は、欧米に伍して近代化の遅れた狷介《けんかい》・孤高な日本政府の、焦燥と虚勢を覆い隠す蛮行にほかならないものだったのである。

6. 作家多喜二の挑戦と苛烈をきわめる検閲処分

二八年の『三月十五日』（五月二六日に寄稿、八月一七日完成）、二九年の『蟹工船』は、その他の作品も含めていまみてきたまさにそういう時代にあって、多喜二がこの社会のただ中でひたむきに生き、活動し、執筆した作品なのである。それは農民や労働者をこよなく励まし、明日への希望を点《とも》す創作活動であり、多喜二自身の生命を賭した社会と向き合う戦いの記録であり、時代への飽くことのない挑戦であったのである。

上京後の多喜二は、入党前の活動ながら何度か官憲に追われ、検挙、検束され、取り調べ室で拷問されたりしている。そして三一年には、『戦旗』に「不敬」の場面を描写している『蟹工船』を載せた廉《かど》で不敬罪に問われた山田清三郎と一緒に起訴され、豊多摩刑務所に収監されたりもしている[23]が、いずれも治安維持法が働いている結果であった。

この『蟹工船』の「不敬」とされた描写であるが、作品の終末部で、天皇の食う高価で貴重な、大方の庶民には手の届かない「献上品」の蟹缶の中に「石ころでも入れておけ！――かまうもんか！」と、漁夫に語らせているあの場面（前掲書頁一三一～一三二）である。もちろん、「献上品」も漁夫のことばも伏字である。

ここは「対照表」の同上書「頁一三一行一三～頁一三二行四」にみるとおり、伏字（１９２―２０２）のままだと何が描かれている場面なのか、見当もつかなくなっているが、実はもう一個所、漁夫が天皇のことを語っている場面がある。これも伏字（１７）になっていて、「対照表」の同上「頁二六行一二」のことばである。

ここを改めて併せ読んでみると、「軍隊内の身分的な虐使を描いただけでは……軍隊自身を動かす、帝国主義の機構、帝国主義戦争の経済的な根拠、にふれることが出来ない」として、多喜二の挙げた「全体的に見られなければならない」構図、「帝国軍隊――財閥――国際関係――労働者」をこの作品で描こうとした「意図」のなかに、その構図の最頂点に立っているのが「天皇」

であることを見据えていたから、この場面を描写することができた表現なのではないか——そうでなかったら、死刑法となった治安維持法下で、「不敬」を指摘されるような「天皇の尊厳を冒瀆すべき言辞」（「昭和五年七月十九日」付で届いた東京区裁判所検事局からの「公判請求書」）を用いてまでして描写したりなぞするものであろうか。それもことばを選んで、許容できるギリギリのところまで迫りながら、リアリティーを失わせずに表現するには、「帝国主義の機構」の最頂点にいる天皇の存在を、明らかにしないわけにゆかなくなっていたからなのであろう。作品自身が求めてくる要請に、多喜二は誠実に応えて叙述したのである。

ただ、ここでは『蟹工船』の表現構成の上からいって、天皇制そのものを描くことにはならなかった。しかし、作品の前半と後半にセットされた漁夫の声が相呼応し合い、それが作品の底流に全体をとおして流れる天皇制批判の奏音となって響いているということである。

この後の九月に書き上げた『不在地主』（一一九日脱稿）で、多喜二はそこに「地主」を登場させている。一九三二年の「日本における情勢と日本共産党の任務にかんするテーゼ」（以下、三二年テーゼ）は、その当時の日本の支配の仕組みを「絶対主義的天皇制、地主的土地所有、独占資本主義」の結合された体制として特徴づけている[24]が、このときすでに多喜二は「三二年テーゼ」の支配の構図を小説の世界に取り上げ、これをテーマにして描いているのである。次の作品は「天皇制」に向かってゆくはずではなかったのか——天皇権力は、この壮大な仕事を多喜二から暴力的に奪ったのである。

これはそういう思想、文化、表現を封殺する、許すことのできない政治暴力の権力的犯罪であったことを、きっちり指摘しておきたい。

以上に概観してきた当時の政治、社会の状況下にあって、この真摯な足跡を刻んで生きる小林多喜二に加えられた三三年二月二〇日の非情な拷問死は、何よりもそれが天皇権力によるまぎれもない虐殺であり、治安維持法による司法の裁断もない、ほしいままな抹殺であったと断じていいであろう。そして、この間の多喜二の作品に対する発売禁止や伏字の処分もまた、治安維持法下の出版物の取り締まりが一層苛烈を極めてゆく状況を反映した結果であったのである。

しかも、その準拠する基準が法令ではなく、すべてが行政処分でおこなわれていたところに、治安維持法のエスカレートする取り締まりの猛威にあわせて、その検閲の無法な進行と処分の限りない措置が続く事態に繋がってゆく背景があったのである。

したがってその実態の解明は、福岡が前掲の参照した論考の最後で、「戦前の昭和期の出版物取締の変遷を追おうとすれば、……それはほとんどまったく法令に手を加えることなく、すべてが行政処分によっ」ていて、これに加えて敗戦により「主務官庁の内務省に保管されていたと考えられる資料がことごとく湮《いん》滅された今日からは、その全容を明らかにすることは至難である」（頁一九）と述べているように、なかなか困難な作業となろう。

幸いなことに、すでに引用もした「執務の参考に資する目的を以て編集し」ている内務省警保局編の『㊙出版警察概観[25]』（以下、『㊙概観』）の復刻版「昭和五〜八年」を手に入れることができたので、これを手がかりにして、このエスカレートする検閲基準の修正や追加も追いながら、以下に本稿が課題とした当初の作業をすすめてゆくことにする。

（1）この作品のノート稿に「一九二八・三・一〇、午前一時一五分擱筆す。一三三日間（六カ月間）を要す。約弐百枚。（百八十枚）」という記入がある。

（2）「安寧紊《びん》乱出版物の検閲標準」にある「一般的標準」の第一番目が「皇室尊厳を冒瀆《ぼうとく》する事項」で、これは「我が国体の特殊性に鑑《かんが》み極めて厳重に取り扱ひ、苟《いやし》くも一般的標準に照らし安寧秩序妨害と認むる場合に於ては特殊標準を考慮することなく、必ず禁止するを原則としてゐる（振り仮名と傍点は引用者。以下同じ）」（復刻版　内務省警保局編『㊙出版警察概観　昭和五・六年』龍渓書舎「昭和六年中に於ける」頁一〇行一三～一四　八一年一月〈以下『秘概観』〉）項目である。

（3）多喜二は「蟹工船」執筆中の二九年二月に非合法の日本共産党に入党を希望するが、党が文化政策を持たなかったという事情もあり、作家としての創作活動を考慮して保留になっている。

（4）白樺派（一九一〇年四月～二三年八月）を代表する小説家の一人（一八八三年二月二〇日～一九七一年一〇月二一日）で、『城の崎にて』は私小説の典型ともいわれ、その簡潔な文体とリアリズムの作風には定評がある。他に『小僧の神様』『清兵衛と瓢箪』『暗夜行路』、戦後に『蝕まれた友情』など多数の作品があり、一生涯を自我の絶対的な肯定の姿勢で貫いた。

(5) プロレタリア作家として活躍するようになってからも、著書を送って費用を求めるなど敬意と親しみを持ち続けていて、三〇年一二月一三日の手紙(二四年一月と三一年六月八日にも投函されている)には、「私が此処(豊多摩刑務所——引用者)を出るようになったら、必ず一度お訪ねしたいと思い、楽しみにしています」(『定本 全集』第一四巻 頁一六三)と書き送ったりしているが、実際に訪ねたのはこの時が初めて(そして、これ切り)であった。

(6) 小説家(一八九九年~一九八三年)。早くから志賀直哉に師事。『暢気眼鏡』(一九三三年)で三七年上半期の芥川賞を受賞し、文壇的に認められる。

(7) 評論家(一九〇七年~一九七八年)。戦後、雑誌『近代文学』を創刊。著書に『現代の作家』(青木書店、一九五六年)、『芸術と実生活』(講談社、一九五八年。後に岩波現代文庫所収)などがある。

(8) この時、遺体の引き取りから葬儀の世話役までかかわっていた江口渙の記録(「作家小林多喜二の死」)は、その「何ともかともいえないほどの陰惨な色で一面に覆われている」「下腹部から膝頭へかけて」のことばに絶するばかりのただならない遺体のさまを、次のように伝えている。

……(遺体の——引用者)帯を解き、着物をひろげ、ズボンをぬがせた時、小林の最大最悪の死因を発見した私達は、思わず「わっ」と声を出して一せいに顔をそむけた。（中略）余程多量な内出血があると見えて、股の皮膚がぱっちり割れそうにふくらみ上っている。そしてその太さが普通の人間の太股の二倍もある、さらに……（「何処もかしこも、まるで」何としょうもならない――引用者）異常な大きさにまでハレ上っていた。（中略）もっともっと陰惨な感じで私達の眼をしめつけたのは、右の人さし指の骨折だった。それは所謂完全骨折であって、人さし指を反対の方向へ曲げると、らくに手の甲の上へつくのであった。指が逆になるまで折られたのだ。この一事によっても、この拷問が、いかに残虐の限りをつくしたものであるかが想像された（文中で紹介した新書『小林多喜二』下頁一三四行一一～頁一三七行四。二二章「小林多喜二の「蟹工船」と多喜二の生涯」、山田清三郎『プロレタリア文化の青春像』頁二六〇～二七二、新日本出版社、一九八三年二月）。

（9）伏字本であったが、「四月一日印刷　十日発行」で厳しい検閲の門をくぐり抜け、以後版を重ねて発行されている。筆者の手元にあるもので「昭和十三年六月十日卅六版」まで確認されている。ちなみに「八年七月十二日十六版」で、わずか二月の間にここまで広がり読まれていたのである。初版から「定価三十銭」であった。他方、改造社からの翌「五月二十五日印刷　三十日発行」の『改訂版　蟹工船・工場細胞』はこれも検閲の関門を無事通過して五千部ほど刷っているのだが、その後の推移をあれこれのルートを頼って捜してはいるものの、全く手掛かりもなく不明なままである。おそらく重版されていないのではないか（？）――そう思うようになっているところである。情報があれば、お知らせいただきたい。

（10）前掲『定本　全集』一五巻の年譜でも新書『小林多喜二』下の年譜でも新潮文庫版の出版は「四月」、改造文庫版のそれは「五月」になっているが、いずれも「三三年」のこれで終わっていて、当の文庫本の行く末がどうなったのか、その記録がないまま最後に「ロシア語訳、英訳」の紹介があって、定かでないものになっている。
確かめてみると、この文庫の初版本の「奥付」では、「昭和八年四月一日印刷　十日発行（二四六頁　三十銭）」とあり、改造文庫版のそれはというと一か月半ば後れの「五月二十五日　印刷　三十日発行（二二九頁　四十銭）」になっている。そして、後でも触れることになるであろうが、前者は昭和一一年に二二版を重ねている（この二二版が新潮社資料室勤務の早野有紀子さんの調べでそこの書庫に所蔵されていることが判明したが、その文庫版に関する前後の記録はなく、最終版の発行が何時で、何版になっていたか不明、またその発行部数がどれほどあったものかの記録はないとのことであった）。後者は発行直後に何故か発売禁止になっていて、今のところその事情は定かではない。ただこの発売禁止の所為でその影響もあったであろうか、最近（一八年九月に）筆者が入手できた新潮文庫版は初版から三か月後の「七月十二日発行十六版」になっているから、わずか三か月の間にそれほどの版を重ねているのである。それにしても一度にどれほどの部数を発行していたかが判明していないものの、伏字本でありながら、いや、むしろそうであったからこそ版を重ねる回数もこうもはやくすすむほど読者も増え、新潮社版が生き延びて、先の本文にもふれたとおり戦後の四九年に完全復元されるまでこの伏字本の『蟹工船』が読み継がれていたことが推測されよう。

（11）『画家大月源二の世界　いまに生きる歴史の証』（「画家大月源二の世界」刊行委員会　大月書店、二〇〇四年一二月）

（12）富田幸衛《ゆきえ》『社会史の中の美術家たち　北海道における民主的美術運動再考　一九四五―二〇〇五』編者　福田紀代子（北海道平和美術展出版部、〇六年一二月）所収

（13）前掲書「解題」「Ⅱ生活は一切の芸術の母である―作品にみるリアリズム―」頁二六七

（14）前掲書『画家大月源二の世界』所収「不屈のドサン子画人」頁三〇一

（15）北星学園大学社会福祉学部北星論集第51号（一四年三月）所収（抜刷）

（16）研究ニュース『美術運動史』№１５８所収（美術運動史研究会　一六・一二・二〇）

（17）資料研究「大月源二の多喜二鎮魂の絵『走る男』について」「治安維持法と現代」二〇一七秋季号№34所収（治安維持法犠牲者国家賠償要求同盟編）

（18）先刻もこのところを記述しながら、在監者が「独房のなかで……悲報を読」むことなどできるものなのだろうか、それは多喜二の「悲報」を報《しら》せる何を「読んだ」のだろうか、ずうっと疑問を抱えたままできていたので、一九三四年発行の『模範六法全書』（三省堂）で

確認してみた。
該当の「監獄法」第三一条および同「施行規則」第八六条〜第八八条には、以下のように規定されている。

監獄法第三一条
第三一条　在監者文書、図画ノ閲読ヲ請ウトキハ之ヲ許ス
文書、図画ノ閲読ニ関スル制限ハ命令ヲ以テ之ヲ定ム

同施行規則
第八六条　文書図画ノ閲読ハ監獄ノ紀律ニ害ナキモニ限リ之ヲ許ス
新聞紙及ビ時事ノ論説ヲ記載スルモノハ其閲読ヲ許サス
第八七条　（略）
第八八条　独居拘禁ニ付セラレタル在監者ニハ情状ニ因リ其監房内ニ於テ自弁ニ係ル筆墨紙ノ使用ヲ許スコトヲ得

条文にいう「文書・図画」は、文字等の記号で綴られたものや象形化されて描かれたもので、両者を合わせて新聞・雑誌等を含めた「図書」といわれるものである。この図書の「閲読」＝読書は、「拘禁ノ目的ニ反セス且ツ監獄ノ紀律ニ害ナキモノニ限」って許可されてい

るが、この条項が『第六章　教誨及ビ教育』に括られた規定であることからいって、図書を読むことで収監者みずからの自己教育というか、知識を学び、おのれの意思や感情を修めるなどの「図書教化」を考慮したものといえるであろう。ただそれが限定された「許可」であり、許可基準に基づく所長の「裁量」によるものであったから、「許可」される官本（監獄備え付けの本）・私本（収容者の私物の本）はおのずと体制的な教化にふさわしい適当な図書に限られた「閲読」の許可であったことはいうまでもなかろう。

ここで問題になるのは、官本・私本とは性質上特殊な扱いになっている新聞紙である。小野清一郎・朝倉恭一共著のポケット注釈全書『改訂監獄法』によると、「所内発行の刑務所新聞」と「市販の……日刊新聞紙があるので、その種類および箇数にはおびただしいものがあり、内容の検閲措置等を考慮に入れると、監獄の取扱に著しく困難を来たす虞があ」る。「しかも、発行後になるべく早く交付するのでなければ新聞紙閲読の意味が失われることにもなるのである。そこで、施規八六条二項により種類・箇数を制限し、収容者に対する新聞紙の閲読に遺憾のないことが期されている」という。この新聞紙の取り扱いの難しさは、加えて「『通常誌』（もっぱら政治、経済、社会、文化などに関する公共的な事項を総合的に報道することを目的とする市販の日刊新聞紙）と「通常紙以外の新聞紙」（特定の政治団体、宗教団体等を支持して宣伝又は報道するものあるいは職業、スポーツ、芸能等特定分野の報道を主とするものは、通常紙ではなく、いわば特別紙で、外部からの差入のものに限られる）

の区別があ」り、「その他の事情を参酌して所長の選定する五種類（一紙）に限られる」など、これを受刑者、労役場留置者、未決拘禁者の別に閲読の機会を用意していることである（詳細は頁二六四〜二七〇参照）。

多喜二の拷問死のニュースは、江口渙の回想「われらの陣頭に倒れた小林多喜二」（『定本 全集』第一五巻所収）によると、「夕刊を見たりラジオを聞いた同志や友人たちが……八方から（築地署に――引用者）かけつけて来た」とあるから、報道はされていたが、「閲読の許可基準に基づく所長の裁量」による「選定」事情からすれば「規律ニ害」あるニュースであり、この「豊多摩は面会者に『入獄者に多喜二の死を報せることを固く禁じていた』」（上野の「研究ノート」に引用されている佐多稲子のことば）から、大月が「独房のなかで……読んだ」のはこれとは別のルートからもたらされたメモか何かであろう。手掛かりは、多喜二自身がこの豊多摩に拘禁された体験をもとに形象化した短編小説『独房』である。ここで多喜二は「独房にいる」者は、「決して『独り』ではないんだ」と、運動場の「九つのコンクリートの壁、「独房……の……隅っこ」の壁に刻み込まれ、「所信室」の机や壁に書き込まれた同志の「落書き」を探し当てて、共につながっていることを視覚や触覚で確かめている。そして、「せき、くさめ、屁」や「壁打ち」の見えない同志たちとの聴覚や嗅覚を通じての交流・交信などを描いている。そして「独房小唄」の項では「所信室や運動場の一定の場所をしめし合せ、雑役を使って他の独房の同志と『レポ』を交換したり」

している様子が書き込まれている（岩波文庫『独房・党生活者』〈五〇年九月〉）。この「レポの交換」が、このとき大月が手にした「多喜二の死を伝えるメモ」だったのではあるまいか。大月はこれを「独房のなかで……読んだ」のであろう。

(19) この項は福岡井吉「昭和期『発禁』の概要」（小田切秀雄編『昭和書籍雑誌新聞発禁年表』上増補版所収　頁六〜一九　六五年四月〈明治文献資料刊行会〉）

(20) 三谷太一郎『日本の近代とは何であったか――問題史的考察』の「第4章　日本の近代にとって天皇制とは何であったか　4『教育勅語』はいかに作られたか」頁二二五行一〇〜頁二四一行七（岩波新書　二〇一七年三月）に教育勅語発布の経緯が丁寧にたどられている。

(21) 一八九〇年二月の地方長官会議（山県有朋内閣）で「徳育涵養の義に付建議」を文部大臣に提出している。

(22) 前掲書「第3章　日本はなぜ、いかにして植民地帝国となったのか」（頁一四三〜二〇四）

(23) 山田清三郎「一、検挙から豊多摩へ」の中の「豊多摩への押送車のなかで」頁一三行一〜頁一七行一（『わが生きがいの原点　獄中詩歌と独房日記』所収　白石書店、七四年一一月）

(24) 『日本共産党の七十年』上頁八九〜九三（新日本出版社、九四年五月）

(25) 「凡例」によると、この一年間に「発行せられたる各種出版物につき、其発行状況内容の傾向並《ならび》に取締の一般を一年間を通じて概観し、執務の参考に資するの目的を以て編集したるもの（振り仮名は引用者）」である。

V

内務大臣の出版物発売頒布禁止権とその「検閲標準」の内幕

1. 予定されていた出版物法案の「七項目」

前節で触れてきた治安維持法がらみの第五十一、五十二議会で審議未了となり、廃案になってしまった出版法と新聞紙法を一本化するはずの出版物法案に予定されていたのは、「抽象的辞句ヲ排シ、具体的ニ……分類列挙シ」た「七項目」であった。それはこの法案の「大眼目」にされていた項目の一つで、第二十五条に「出版物ニハ左ノ事項ヲ掲載スルコトヲ得ズ」として、次のように示されている。

一　皇室ノ尊厳ヲ冒瀆スル事項
二　国体ヲ変革セントスル事項
三　憲法上ノ政治組織ノ大綱ヲ不法ニ変革シ又ハ私有財産制度ヲ否認セントスル事項
四　軍事又ハ外交ノ機密ニ関シ帝国ノ利益ヲ害スル事項
五　犯罪ヲ先導シ若シクハ曲庇《きょくひ》（事実を曲げて人をかばうこと——引用者）シ、犯罪事実ニ付犯罪人ヲ賞恤《しょうじゅつ》（褒めたり擁護したりすること——同上）シ又ハ刑事被告人若シクハ被疑者ヲ賞恤シ若シクハ陥害《かんがい》（人を陥《おとしい》れてそこなうこと——同上）スル事項
六　社会ノ不安ヲ惹起シ治安維持上重大ナル影響ヲ及ボスベキ虚偽又ハ誇大ノ事項
七　乱倫、猥褻《わいせつ》、残忍其ノ他善良ノ風俗ヲ害スル事項（振り仮名は引用者）

他にも掲載禁止の事項が条文化されていたが、この「七項目」と重なっている事項も多く、その十重《とえ》二十重《はたえ》の取り締まりの厳重さが指摘され、総じてその時の現行法よりも言論の自由が抑制されていることが議会を紛糾させたのであった。

このため、出版物は一八九三（明治二六）年四月一三日公布の出版法（一九〇一年に一部改正して処罰規定を加える）が、新聞紙は一九〇九年（明治四二）年五月六日公布の新聞紙法がそのまま運用されることになる。そして一九四一年一月には新聞紙等掲載制限令が施行され、前年の国家総動員審議会で可決された規定（第一条）による「新聞紙其ノ他ノ出版物ノ掲載ニ付テノ制限又ハ禁止、……発売及頒布ノ禁止並ニ其ノ差押及其ノ原版ノ差押」が執行されてゆく（「発売」は有償をもってモノを広く流通させること、「頒布」は有償、無償にかかわりなく広く流通させること）。

こうして治安維持法下の二〇年代後半の出版物は、その一本化に失敗した政府が廃案になった出版物法案の「目的と方針」をそのまま行政処分によって押しすすめ、「七項目」を下敷きとする「隠れた法」を基本にして用意した「検閲標準」に基づいて、取り締まってゆくことになるのである。

2.「七項目」を下敷きにした㊙「検閲標準」の全貌

検閲の業務は一八七五（明治八）年から内務省の所管となり、九三（同二六）年から一九四〇（昭和一五）年一二月までは内務省警保局図書課が検閲業務を担当（この後、図書課を検閲課と改称）する。しかし、明治、大正期の出版検閲については、関東大震災でこの資料の大方が消失してしまったので、その実際はほとんどが分からないのが実情である。

出版物の取り締まりに関する行政処分のうち、最も主要なそれは発売頒布の禁止であるが、これは出版法第十九条によって執行される。その条文は先の出版条例第十六条の規定と同じで、冒頭の「治安」が「安寧秩序」に改められているだけである。

この業務を担当した当局はこれで法外な検閲が可能となる。しかも、内務大臣は司法審査などすべての審査から独立した発売頒布の禁止権を手中にしたから、早々とこの条文のままでは禁止の標準が漠然としていて「明確でない」ので、「予め検閲標準を具体的に定めて、之に該当するものを或は安寧禁止、或は風俗禁止の処分を行ふことにして」ゆくのである、そして、これを「一般的標準」と「特殊標準」とに分け、「区別」を設け、「前者は記事、又は描写せられたる事項」の内容や記述方法に関する検閲の標準とし、「後者は其の出版物」の「目的」やその「頒布区域」等の検閲にあたって考慮されなければならない「各種条件に関する標準を示」すものにしてゆくのである(1)。

しかし、これらは内部資料で、関係者だけが知っている㊙の基準であった。その上、委ねられた発売頒布禁止権の範囲は、「安寧秩序ヲ妨害シ又ハ風俗ヲ壊乱スルモノト認ムル文書図画ヲ出版シタルトキ」(出版法第十九条)とあるのみで、それはどのようにでも解釈可能な広義の語句がある条文であったから、その権限の絶対性は恣意的な扱いを内に抱え込んで、治安維持法を思うままにとりおこなってゆくことに道を拓いてゆくのである。

また、この権限は内務大臣に限って行使できるものであるが、憲法学者の奥平康弘は、「我が国特有の中央集権的警察機構の下で、内務大臣―警保局長―地方長官―警察部長―保安課長(特高課長)―警察署長―巡査、あるいはより端的には、警保局長―保安課長(特高課長)の密接な連繋の下で、地方末端警察が現実に発売頒布禁止(仮)処分を行い、事後形式的に内務大臣の追認による命令書が公布されるということは、日常の慣行でありえたのである(2)」と、その中央集権的業務の「特有」さを推察している(3)。

出版物の検閲は、奥平のいうように、実際は内務省警保局長の下で図書課の係官を中心に、以下何層にもわたって重層的にすすめられていたのが実情なのである。

この「安寧紊乱出版物」と「風俗壊乱出版物」のそれぞれの「検閲標準」を前掲の『㊙概観』から「昭和五年中に於ける」(一九三〇年)の場合をみると、以下のとおりである(頁一二六〜一二八。振り仮名は引用者)。

(A)安寧紊乱出版物の検閲標準

（甲）一般的標準

一般的標準として左記各項は安寧秩序を紊乱するものと認めて居る。

(1) 皇室の尊厳を冒瀆する事項

(2) 君主制を否認する事項

(3) 共産主義、無政府主義等の理論及至戦略、戦術を宣伝し、若《もし》くは其の運動実行を扇動し、又は此の種の革命団体を支持する事項

(4) 法律、裁判所等国家権力作用の階級性を高調（強調——引用者）し、其他甚しく之を曲説（一方的に偏って議論——同上）する事項

(5) テロ、直接行動、大衆暴動等を扇動する事項

(6) 殖民地の独立運動を扇動する事項

(7) 非合法的に議会制度を否認する事項

(8) 国軍存立の基礎を動揺せしむる事項

(9) 外国の君主、大統領、又は帝国に派遣せられたる外国使節の名誉を毀損《きそん》し、之が為め国交上重大なる支障を来す事項

(10) 軍事外交上重大なる支障を来す可《べ》き機密事項

⑾　犯罪を扇動、若は曲庇し、又は犯罪人、若は刑事被告人を賞恤救護する事項
⑿　重大犯人の捜査上甚大なる支障を生じ其の不検挙に依り社会の不安を惹起《じゃっき》するが如き事項
（特に日本共産党残党員検挙事件に此の例あり）
⒀　財界を攪乱し、其の他著しく社会の不安を惹起する事項

（乙）　特殊的標準

特殊標準として考慮して居る主要なるものは概ね左の如くである。

⑴　出版物の目的
⑵　読者の範囲
⑶　出版物の発行部数及社会的勢力
⑷　発行当時の社会事情
⑸　頒布地域
⑹　不穏箇所の分量

上記の如く禁止処分に際しては一般的標準と特殊的標準とに鑑みて、当該種出版物の安寧秩序に影響する点を慎重考慮して決定するものであるから全く同一内容の記事を掲げながら、甲の出版物は禁止せられたるに拘らず、乙の出版物は例えば発行部数極めて僅少であって社会的勢力微弱なる等の特殊的標準に因り不問に附せらるゝ事例もある。

(B) 風俗壊乱出版物の検閲標準

(甲) 一般的標準

一般的標準として左記各項は風俗を害するものと認めて居る。

(1) 猥褻なる事項

(イ) 春画淫本

(ロ) 性、性欲又は性愛等に関係する記述にして淫猥、羞恥の情を起さしめ社会の風教(道徳にかなった行いによって下のものを教え導くこと——同上)を害する事項

(ハ) 陰部を露出せる写真、絵画、絵葉書の類

(ニ) 陰部を露出せざるも醜悪、挑発的に表現せられたる裸体写真、絵画、絵葉書の類

(ホ) 男女抱擁、接吻(児童を除く)の写真、絵画、絵葉書の類

(2) 乱倫なる事項(但し乱倫なる事項を記述するも措辞平淡にして更に扇情的、若は卑猥なる文字の使用なきものは未だ風俗を害するものと認めず)

(3) 堕胎の方法等を紹介する事項

(4) 残忍なる事項

(5) 遊里、魔窟等の紹介にして扇情的に亘り又は好奇心を挑発する事項

(乙) 特殊標準

特殊標準として考慮するものは安寧禁止の場合に於けると大同小異である。

一見しても分るとおり、指摘した「七項目」がしっかり下敷きにすえられていることが明らかであろう。それをいっそう「具体的に定め」たのが、以後猛威を振るってゆくこの「検閲標準」なのである。それが翌年（昭和六年）の「検閲標準」になると、どうなるかである。

(A)の(甲)に項目数に変わりないが、(9)が「国交上重大なる支障を来す事項」、(12)が「重大犯人の捜査上甚大なる支障を生ずる事項」に簡略化され、(乙)は(5)が「頒布区域の相違」に、そして(6)に「頒布の状況」が加えられ、七項目になっている。また(B)では(4)と(5)が入れかわっているだけであるが、(2)の括弧内の文言が次のように追加されている。

然し仮令文辞《たとえ》が煽情猥褻に亘《わた》らず単に普通の男女の関係を記述してゐるものであって通例の場合は不問に附せらるるもの《（ママ）》であっても、其の内容が乱倫に亘るものなるときは之を厳重に取扱ってゐる。又部分的には些《いささ》かの煽情猥褻に亘る筆致もない場合と雖《いえど》も、其の記述全般より見て非倫行為を賞揚奨励するの趣旨なりと認めらるゝときは風俗を害するものとしてゐる（頁一六行一〇〜一三）。

そして、この「検閲標準」の項目ごとにコメントが付されてきているのである。その一部を紹介すると、以下のとおりである。

(A)の(甲)の「(1)　皇室の尊厳を冒瀆する事項」について

茲《ここ》に皇室とは刑法不敬罪に謂《い》う所の皇室と異り極めて広義に解してゐるのであって、古今に亘り万世一系の皇室総てを意味するのである。従って歴代の天皇皇族に関する歴史上の事蹟と雖も、我が万世一系の皇統の尊厳を冒瀆するが如き記述は安寧秩序を紊乱するものと認める。又直接皇室御自体に関する記事に非ずとも之に関連する限り、例へば三種の神器等に関する記事は延《ひ》いて皇室の尊厳に影響するものであるから、斯《か》くの如き事項に関する記事と雖も不穏なるものは等しく安寧秩序を妨害するものと認める。皇室の尊厳を冒瀆する事項及次に示す君主制を否認する事項は我が国体の特殊性に鑑《かんが》み極めて厳重に取扱ひ、苟《いやし》くも一般的標準に照し安寧秩序妨害と認むる場合に於ては、特殊標準を考慮することなく必ず禁止するを原則としてゐる（頁一〇行七〜一四）。

同じく「(3)　共産主義、無政府主義等の理論乃至《ないし》戦略、戦術を宣伝し、若《もし》くは其の運動実行を扇動し又は此の種の革命団体を支持する事項」について革命戦術及実行の宣伝扇動する記事並に革命団体を支持する記事は社会の安寧に影響するところ大なるを以て之を厳重に検閲し、反之《これにはんし》単に該《がい》主義の理論宣伝に止まるものは社会の治安に影響するところ比較的小なるを以て稍《や》や寛大に取扱ってゐる。尤《もっと》も茲《ここ》に理論の宣伝と云ふのは単に理論の学術的研究を目的とするに止まるものを指称するのであって、仮令此の種のものでも一般大衆に対し革命常識の培養と主義宣伝の効果を齎《もたら》すと認めらるゝものは厳重に取り扱ふことゝしてゐる。要は一般大衆に対する影響と該主義の運動の発達に及ぼす影響の程度如何に依り、安寧秩序の紊乱となるや否やを判定してゐるのである（頁一一行三〜一〇）。

(B)の「風俗壊乱出版物」の場合も(甲)の(1)「猥褻なる事項」について、そのコメントをみてみよう。

猥褻なる事項とは読者に対し淫猥羞恥の情を起こさしめ、其の結果社会の風紀道徳に対する反逆心を起さしむるが如き記事を指称するのであって、大体左の如きものが之に該当する（として、先に示した(イ)〜(ホ)の事項を挙げている）（頁一六行一〜七）。

(2)の「乱倫なる事項」については、追加している文言をすでに紹介してきているので繰り返さないが、こうしてこれらのコメントをみてくると、実際の検閲業務をすすめるなかで、担当者官の間で「標準」に示された検閲の対象となる「事項」の解釈をめぐって、その「判定」に難しさや食い違いが出てきて、収拾のつかないような事態が生じていたことが推測される。三一年の

「検閲標準」に付されたコメントは、その結果、各事項の解釈を統一し、個人差のある「判定」を避けるために用意されたものであろう。

それにしても、これらのコメントを読んでみてもその客観的な判断の保証は認められるものでなく、「安寧秩序を妨害」したり、その「秩序の紊乱となるや否や」の「判定」や、また、それが「猥褻」「乱倫」で「風俗を害するもの」と認められるかどうかの「判定」は、検閲官の主観性に大きく左右される性質の倫理的な判断に委ねられたものであったといわなくてはなるまい。しかも、その「判断」が絶対的な力をもって「発売頒布」の処分をおこなってゆくのである。

これが絶対不可侵の専制権力を有する天皇の下での「検閲」の実態であったのである。身の毛のよだつ制度であったことは、論を俟《ま》つまでもないであろう。

『戦旗』に載った二八年の『三月十五日』も、翌年の『蟹工船』(後半が載った六月号)も、この「検閲標準」によって発売禁止の処分を受けているのである。当時のそれを確かめることはできないが、以上にみてきた「検閲標準」と基本的には同じであったろうから、前者は主に(A)の(甲)3、4項が、後者はその1項が作品の描写、内容に抵触する箇所のある理由から、そのような処分をされているのである。

『蟹工船』を伏字で新潮文庫(四月一〇日)、改造文庫(五月三〇日)に載せて刊行したのは、このコメント付きの「検閲標準」の出た二年後の三三(昭和八)年であるが、そのときに出版法によって発行された出版物の総数(雑誌も含む)は一二五、八九五種で、一〇年前(二三年)の

三九、九五〇種に比較すると三一五％を超える勢いであった。これは雑誌が急激に増えた所為でもあるが、政治や社会に関係する出版物の減少が目立つなかで、法律、教育、教科書、文学、美術等のそれが著しく増加していたのである。

　これを報告している同上の『㊙概観』は、「政治、経済、社会及哲学等に於ても左翼物が激減して、日本主義其の他の右翼物が著しく増加したるは顕著なる事実にして、斯《か》かる現象は日支事変、満州国問題及び之に関連する国際関係等に刺激せられた結果にして、国民意識の転向を物語るものと云へよう」（頁四行三〜六）と分析している。そして、「禁止概況」では「昭和四年より逐年激増して昭和七年末累計に於ては三、六四九件に達し、昭和元年（一、〇三九件）に比して三五割一分強の激増であったが、昭和八年に於ては……三、〇四三件となった」（頁三〇行四〜六）と、その数字を示している。

　禁止件数のトップは「昭和元年より逐年増加」の「安寧禁止」で、「殊に昭和五年以降激増して昭和七年中に於ては実に五、三七七件の多きに達し……昭和八年に於ては四、〇〇六件となっ」（同上行一三〜一五）ているのが実情である。

　いかにも得意気で、検閲効果を誇り、「だからいっそう検閲業務に励めよ」と言わんばかりの口ぶりである。

　ちなみに言えば、この年（昭和八年）の「検閲標準」は、以下のように(A)の(甲)で二項目増え、(B)の(甲)で一項目増えていて、他はいずれも同じ文言の「事項」のままである。

(A)の(甲)

(14)戦争挑発の虞《おそれ》ある事項

(15)其の他著しく治安を妨害する事項

(B)の(甲)

(6)其の他善良なる風俗を害する事項

このことは出版物の件数が「激増」してきている事情にともない、その出版物の内容も多岐にわたるようになってきていて、これまでの「標準」では処理しきれないほどに検閲の業務が煩雑になっていた実情の反映であったと思われるのである。それはこの年の『㊙概観』で、『西部戦線異状なし』の小説の刺激に影響されてか、三〇年頃から顕著になってきた戦争物の流行から「之を巧みに利用して戦争の本質を暴露し、反戦思想宣伝」をする作品が多くなる一方で、五・一五事件(4)、血盟団の行動(5)を賛美宣伝するなどの「時局の非常時的様相を敏感に反映し」た『ファッシズム運動及右翼政治理論』に関する出版物は却《かえ》って躍進的増加を示」すような事態が、時代状況として進行していた(頁一三九〜一四一)事情があったからである。

3. 行政処分の内情と検閲業務の実態

こうした「検閲標準」によって処分の決定された出版物はどう処理されたか。浅岡邦雄の講義録『戦前内務省における出版検閲　PART2[(6)]』によると、全国の警察部、東京では警視庁が押収していたという。しかし、いったん流通に乗ってしまっている出版物となると押収はなかなか困難で、せいぜい多くても三〇％程度のものであった。これが印刷所や発行所にあるうちに処理できた場合は一〇〇％の押収となり、それぞれのケースでかなりの差があったようで、その実態は不明である。

また、同上の『㊙概観　昭和七年中』は、それまであった「発売頒布処分」の他の「注意処分、分割還付」をこの年になって「行政処分」の項に位置づけ、さらに「削除処分」を加えている。

「削除処分」は「不穏又は不良……箇所の分量比較的僅少にして、且つ之を削除するときは社会に貢献するものと認めらるゝ場合、……当局の指定したる不穏又は不良箇所を切除して発行せしめること」にした措置である。

「注意処分」は発売頒布の処分を受けるまでもない程度のものであるが、「其の記事の内容が著しく不穏又は不良なる出版物に就いては、其の地方庁をして……発行者に対し厳重な戒飭《かいちょく》（教え諭《さと》して気をつけさせること——引用者）を加えしめる」ものであった。

なお、これらの措置にかかわって、「不穏又は不良の箇所」の程度が比較的軽微な出版物は、そのままこの版の「発売頒布」を認めるものの、次回からの増刷、重版の場合は、指摘された箇所を訂正するか、あるいは削除して臨まなければならなくなっている。つまり「次版改定（次版削除）」の処分である。

「分割還付」は「昭和二年九月一日」より実施されている、出版法にはない「便宜処分」である。これはそれまで便宜的に運用されていた内閲（事前に「不穏又は不良個所」と「判定」されそうな語句や文言をチェックしてもらう内閲覧）を廃止したことによるいわば見返りの措置なのであった。つまり、すでに発売頒布の禁止処分を受けた出版物でも、「発行者の願出」により「一定の不穏又は不良個所を切除するときは……当局の指定したる……箇所を切除して該差押物を還付する処分」なのである。

いわゆる「伏字」の措置はその種類もいろいろあるが、これは二八年の『三月十五日』や翌年の『蟹工船』がそうであったように、発行者や出版社の側が検閲処分を考慮して、前もって自主規制して措置することもあるし（前者のときは、蔵原と『戦旗』編集部の見解によって「削除」も行っている）、内閲で「指定」された箇所を伏字にしている場合もある。

これが出版法第十九条の「発売頒布禁止」の処分を執行する際におこなわれていた㊙の「検閲処分」の内実であるが、係官（属官）はその「標準」に基づいて執務内規にしたがい検閲業務を執行するのである。そして、必要があればコメントを付して上司の事務官（係長）にあげ、事務官がおおむねその処置を決定してゆく。

　検閲の業務は一八七五（明治八）年から内務省の所管となり、九三（明治二六）年から一九四〇（昭和一五）年一二月までは内務省警保局図書課が検閲を担当している（この後は、戦時体制化の下で図書課が検閲課と改称され、陸軍省、海軍省、外務省、逓信省の各情報部局と検閲課から出向する職員とで情報局を設置し、情報の一元化を図っているが、実質は検閲課の職員の業務と同じであったという）。浅岡は前掲の講座で『内務省警察統計報告』からその構成を紹介し、一九二四（大正一三）年以前は不明であるが、書記官は課長、事務官は係長、三四（昭和九）年設置された理事官は事務官の補佐、そして属官が正規の内務省職員として配置され、嘱託や雇員などの非常勤職も置かれていたことを明らかにしている。二七（昭和二）年まで二四人を超えることはなかったが、翌年には六一人、三五（昭和一〇）年には一〇〇人を超えて配属されてゆくようになっていた。

　二八（昭和三）年三月の「読売新聞」（四月一六日付夕刊）などによると、「一人一日一百余種の検閲に図書課職員何《いず》れも神経病」と書かれてもいるように、この頃から急激に増える検閲本に悲鳴をあげていた（同上の『㊙概観　昭和五年中』には、「出版物の……禁止件数に付て最近十年間の傾向を見るに……昭和元年より次第に増加の傾向を示し、昭和五年に於ては一四六一件に達して居る」〈頁二八～二九〉とある）ようで、「危なそうなものから先に手をつける……題名と書出《かきだし》を調べてペラペラやって」とか、「平凡なものは実際の所見ていません。盲判《（ママ）》です」などの作業が、その実態であったようである[7]。

先にも言及したことではあるが、このように時代の趨勢に応じてエスカレートしてゆくすさまじいばかりの検閲業務執行の現実は、そのまま「民草」を支配している権力の座にある側のそうしないではいられない不安や焦燥、怖れに慄《おのの》く相《すがた》をあらわにした証《あかし》である。それは「民草」の一人ひとりをばらばらにして「見ざる、聞かざる、言わざる」の三猿《えん》の世界を強制し、フーコー（仏の哲学者）の「見えない（「不可視」の和訳もある）眼差し」（『監獄の誕生』）ならぬ見える監視体制の網の糸を執拗に張り巡らして支配し、その「神聖」なる「国体護持」を図る治安維持法下の言論、出版の世界をめぐる実態であったのである。

（1）この項は『㊙概観　昭和五年中に於ける』（頁二五）参照。

（2）『表現の自由1―理論と歴史―』頁一六〇（有斐閣、八三・一一）

（3）この奥平の前掲の著書は、第一章「戦前における検閲制度小史」、第二章「戦前の出版・言論統制」の論考を収めていて、いずれも六七年当時の労作である。

（4）三二年五月一五日、国家主義的右翼分子が起こしたクーデターで、この後の天皇制の専制強化、軍部独裁とファッショ化に道をひらいた事件。海軍の若手将校や陸軍士官学校生徒、民間の右翼団体の一部が軍部独裁と侵略戦争拡大をめざし、「国家改造」と称してクーデターを計画した行動で、首相官邸や警視庁、日本銀行、政友会本部などを襲撃、犬養毅首相を射殺した事件。

（5）三二年に起きたファッショ的「国家改造」をめざすテロ事件。同年二月九日に前首相井上準之助を、三月五日には三井合名会社理事長団琢磨を茨城県の農村の青年小沼正、菱沼五郎がピストルで射殺。ここから、政財界要人二〇人の暗殺計画を企てる井上日召を盟主とする東大生、農村青年などを組織した血盟団の存在が明らかになった。海軍青年将校らとも連携していて、五・一五事件はこの行動と密接につながっていた。この両事件で日本の政党政治が幕を閉じるなど、ファッショ化が一気に進行してゆくことにもなる。

（6）神田雑学大学　〇八年八月一日講座の記録。

（7）同上書参照。

Ⅵ 伏字は『蟹工船』の「意図」をどこまで覆い隠せたか

1．多喜二の死後も続く作品の発売禁止

一九三三年三月一五日、悲痛な多喜二の死を悼んで築地小劇場で抗議の労農葬がおこなわれるが、この直後の四月一日に宮本百合子、江口渙ら数人が編集委員になって、「蟹工船」「不在地主」を収めた『小林多喜二全集』第二巻（日本プロレタリア作家同盟編　国際書院）を刊行する。しかし、校訂を綿密におこない、戦旗社版改訂普及版に準じた伏字を施したものの、同月六日に発売頒布禁止（以下、発売禁止）の処分に附せられてしまうのである。

前掲の『㊙概観　昭和八年中に於ける』によると、その「禁止理由」は「階級闘争扇動不敬記事差止違反」である。「処分日」は「四月六日」になっていて、この翌日の七日に「階級闘争扇動不敬差止違反」で「改造文庫『蟹工船　工場細胞』（四月一日発行）」の処分が記載されている（頁一五二）。

当時の内務省警保局編の月刊内部情報誌『㊙出版警察報[1]』（以下、『㊙警察報』）14巻第五十六号（昭和八年五月　復刻版）をみると、改造文庫の場合は、それが「四月六日禁止処分ニ附セラレタル、『小林多喜二全集第二巻』中ノ『蟹工船』ヲ含ム」ものであったからだというのである（頁五五六の二下）。

この「六日禁止処分」の理由は、前掲の『㊙警察報』に以下のように記載されている。

本書ハ「蟹工船」及「不在地主」ノ二編ヲ含ミ、是等ノ小説ハ嚮《さき》ニ出版セラレタル際不問ニ附セラレタルモノニシテ、且ツ特ニ不穏ナル箇所ハ多ク伏字ヲ用ヒテ居ルガ、尚階級闘争ヲ扇動シ、且ツ不敬ニ亘ル点及昭和七年四月十一日ノ記事差止事項ニ該当スル記事アルヲ以テ現下ノ社会情勢ニ鑑ミ今回新タニ禁止処分ニ附セラレタルモノデアル。其ノ不穏ナル箇所例示スレバ左ノ如キデアル。

と記し、冒頭の「対照表」にもある岩波文庫版の「頁九四行一六～頁九五行九」を引用して「例示」している。伏字は改造文庫版（伏字番号〈以下「伏字」〉一〇二～一三四）より少なく、「駆逐艦、警備、大砲、重油、日本、戦争」だけである。これが「今回新タニ」「現下ノ社会情勢ニ鑑ミ」て「（発売頒布――引用者）禁止処分ニ」した「不穏ナル箇所」として「例示」されたものであった（頁五六の二）。この「多ク伏字ヲ用ヒテ居ル」「不穏ナル箇所」でも特に「例示ス」るほどにここで注目したのは、それが「階級闘争ヲ扇動シ」ている描写で、とりわけ「不穏ナル箇所」と判断したからであろう。翌日の「七日発行禁止」になった改造文庫は、この『全集』の「蟹工船」をそのまま収載したものなので、だから「再ビ禁止セラレタ」というのである。

そして、この三日後の四月一〇日に新潮文庫版で『蟹工船・不在地主』が発行（奥付には「四月一日印刷」とある）されるのである。これは「発売」が認められ、「頒布」を許可されたからであった。

改造社は四月の「処分」にもめげず、版をあらたに組み替えたのか、同様の作品の組み合わせで文庫版の刊行に踏み切るのである。「奥付」には「五月二十五日印刷　五月三十日発行　改造文庫　第二部　第二百二十五編」とあるものである。今度は「発行」が許可され、この版が陽の目をみることになる。これが筆者の出会った小樽文学館所蔵の文庫版『蟹工船』だったのである。『定本　全集』第四巻の「解題」で手塚は収載した『蟹工船』について触れ、一九二九年九月から約半年間に、「戦旗社から……出版」した「三つの単行本」について、おおよそ以下のようなコメントを附している。

（1）二九年九月、日本プロレタリア作家叢書第二編、『戦旗』に発表したときの伏字を復元して、一万五千部を発行（『三月十五日』を併載）したが、発売禁止。

（2）同十一月、改訂版（併載の『三月十五日』を除き）、四章の俗謡やその前後の風俗上の部分と数カ所の字句を伏字にして発行したが、この版も発売禁止。

（3）改訂普及版、総ルビつきに改版し、前記改訂版の伏字と「対照表」岩波文庫版の頁一三一行一三～頁一三二行四を伏字（伏字一九一～二〇一）にして発行。

「以上三つの戦旗社版の総発行部数は、三万五千部におよんだ」（頁二一二下段）。

手塚は(1)の『叢書』の発売禁止が無念でならなかったのか、『防雪林』や『三月十五日』を収録した同上の『定本　全集』三巻の「解題」でもこの『叢書』のことに言及し、「検閲の考慮から削除された……部分を復元した」『三月十五日』は「戦前の刊行本のなかでもっとも原作に近いものであ」ったことを語っている。その『叢書』は発売禁止になったものの、「配布網《はいふ》（2）をつうじて、約半年間に一万五千部を売りつくし……壷井繁治の談話によると、その印税の千円のうち、作者は百円をうけとり、残額全部を戦旗社に寄付した」（頁二一六行下段四〜一五）経緯を記してもいる。

もう一度前掲の第四巻に戻ると、手塚は『蟹工船』がこの「戦旗社版の他に戦前にはつぎの各種版がある」と云ってそれらを紹介した後に、

（4）一九三三年四月、新潮文庫版『蟹工船、不在地主』

（5）一九三三年五月、改造文庫版『蟹工船、工場細胞』

など七つの版本を挙げ、「戦旗社の改訂普及版にだいたい準じられているが、発行年代が後期になるにつれて、伏字の箇所と範囲が増している」とコメントしている（頁二二〇行下段一八〜頁二二一行下段一六）。

しかし、手塚は、この「解題」にもみられるように、ここでもそうだが、『定本　全集』一五巻や『小林多喜二　下』の「年譜」でも「著作目録」でも、どうしてか発売禁止になっている四月の改造文庫版については何も触れていないのである。

先ほど筆者は、五月に刊行できた改造文庫版が「発売禁止」になった四月のそれとは別に「版をあたらしく組み替え」と述べたが、そのとき前の月に厳しい検閲の関所＝関門を無事くぐり抜けた新潮文庫版を参考にし、「発売禁止」にされた自分たちの版本と照合しながらその個所と範

囲を確かめ、「発売禁止」の処分を受けているだけに、この繰り返しはするまいといっそう慎重にあたらしくその個所と範囲を増やすなどの、彼らなりの十全な対処をして、検閲の関門通過に万全を期して臨んだにちがいない――そう筆者は思いやるなどしてその事態を受けとめていたから、それで手元の五月の改造文庫版とすでに発売を許可されていた四月の新潮文庫版との間にみられるであろう伏字箇所とその範囲の異同（おそらくいま述べたのような事情を考えるなら、改造文庫版の方がその個所も範囲も多いであろう）について確かめてゆくなら、手塚も先（『定本　全集』第四巻の「解題」）のコメントで「発行年代が後期になるにつれて、伏字の箇所と範囲が増している」と語っているように、その最初の相《すがた》を垣間見ることができるのではないか、と思ったのである。

手塚はさりげなく「発行年代が後期になるにつれ」というが、時代の趨勢は多喜二の拷問虐殺（一九三三年二月）に象徴されるように、けわしく息苦しい不安な日常なのであった。一八（昭和三）年六月二九日、天皇権力は緊急勅令を出して二五（大正一四）年四月に公布（二二日）していた治安維持法を死刑法に改悪（多喜二はこの法の下で、無惨にも虐殺されたのである！）した後、ひたすら戦争（アジア・太平洋諸国への領土拡大＝侵略）を準備し、戦争へ突き進む状況があからさまにみてとれるほどに、それは露骨に進行していた。

第二次世界大戦（一九三九年九月一日）がはじまり、ドイツのポーランド侵攻、オランダへの侵入、パリを支配下に収めてフランスを降伏させ、イギリスへの空襲攻撃を始めるなどドイツの勝ち戦さの勢いに便乗するように東南アジア侵略を画策してゆく。以下、そこにいたる推移をみてみよう。

日本の絶対主義的天皇制の政府は一九一五（同四）年一月、それまでドイツが持っていた権益を引き継ぎ、「二十一カ条要求[3]」を中国（袁世凱《えんせいがい》大総統）に受け入れさせ、以後中国に狙いを定めてその侵略的野望、経済的権益の追求を剥き出しにして、四五年八月一五日まで続く悲惨な無謀きわまりない戦争への道を突き進めてゆく。

日露戦争（一九〇四年）後、ロシアからとりあげた遼東半島南部の租借地を「関東州」と称して、ここに天皇直結の軍隊「関東軍」を置き、当初はこの地の防衛と南満州鉄道の保護を任務としていたが、やがて東北部（満州）から北部（北京、天津など）にまで政治・軍事工作の手を出すなど、侵略拡大の中心部隊となってゆく。その暴虐ぶりは、張作霖《ちょうさくりん》の爆殺にみられる満州事変の前史をつくりだすまでになっているのであった（二七年～二八年）。

三六（昭和一一）年六月、日中全面戦争に突入する前年、政府は「帝国国防方針」を決定。そこで陸軍を中心としたソ連戦に向けての軍備拡張、他方、海軍を中心にした米・英戦のための軍備強化をそれぞれにつとめ、東アジア大陸と西太平洋の征圧をめざす方針の実現が強調される。この翌年の七月七日夜、事件が発生。これが日本軍による盧溝橋《ろこうきょう》事件である。そして、八月の第二次上海事変（淞滬《しょうこ》抗戦）、続いて一五日の首都南京空襲、一二月一三日には南京占領、世界から非難される大虐殺事件が引き起こされる。

「バターより大砲」と評されたナチス・ヒトラーのドイツがポーランドに侵攻するや、英・仏はこぞってドイツに宣戦布告、こうして第二次世界大戦が始まってゆく事態の推移は、先にみたとおりである。こうしたなかで、日本の天皇制下の戦争指導者たちはドイツの破竹の戦果に便乗して、主人のいなくなった東南アジアの植民地をそっくり手に入れる（軍需資源の獲得）などのチャンス到来とばかり、その侵略熱を沸き立たせ、その高まる高揚した熱気の中で、四〇（同一五）年七月、「大東亜の新秩序建設」なる構想(4)を近衛文麿内閣は発表する。それは「大東亜共栄圏」の実現をめざした構想の作文であり、実に身勝手な「共栄圏構想」であった。そしてこの翌年（同一六年）一二月八日未明、宣戦布告もせずに日本陸軍はマレー半島（イギリスの植民地）上陸の作戦を開始し、イギリス軍に奇襲攻撃をかけ、続いて海軍航空隊による真珠湾奇襲攻撃をおこなった後に米・英に対して宣戦布告をおこない、こうして泥沼のアジア太平洋侵略の長い戦争が突き進められてゆくのである(5)。

そういう時代だったのである。あらためて一九三〇年代前後の時代をたどり直してみて、日本帝国主義のその傲慢さ、無法さ、非情さに、このような政治の下で過ごした人びと、それはアジアの人びとも含めて、それがどれほどの無謀で苛酷な無惨の日常を強制される日々であったかに、しばし瞑目してその思いを心に刻むばかりであった。

こうした事情下での出版物の検閲業務の実際や行政処分のすさまじいばかりの実情については、既に「Vの3」で触れてきているので繰り返すことはしないが、手塚のいう時代の動きと軌を一にするように「増している」「伏字の箇所と範囲」の実際をこの四月の新潮文庫版と五月の改造文庫版とで確かめようと思い、新潮文庫版を探し求めていたものの、なんとも手がかりになる情報もなかなか得られないで来ていたのである。国立国会図書館や北海道立図書館などのネットワークルートや古書店の情報等を頼ったりした後、思い余って日本共産党中央委員会党史資料室に尋ねてみると、室員の橋本伸氏から資料室に「昭和四年九月二十二日印刷、同月二十五日発行　発行所　戦旗社」の「日本プロレタリア作家叢書第二篇」の『蟹工船』を所蔵されていることが伝えられたのである。既出のとおり、これが発行日当日、「安寧禁止」処分を受け「発売禁止」にされた単行本（付録として『三月十五日』収録　一万五千部発行）である。「資料室にある『蟹工船』関係の本はこれだけで、他に見当たらないので、何か情報があれば後日連絡しましょう」とお約束までしていただいたのである。そして、数日後にファックスで伝えられたのが、「昭和八年」版の新潮文庫であった。「日本の古本屋」のルートで、日常は閉店している札幌の古本店である。これを入手したのが、二〇一七年九月も末日であった。「昭和八年」でも「七月十二日十六版」であった。続いて新潮社本社にも問い合わせたところ、資料室の早野有紀子室員から、「資料室に所蔵しているのが見つかった」といって知らせてくださったのが、「昭和十一年五月一日二十二版」の版本であった。「本社にはこれに前後した重版もなく、もちろん初版などの記録もありませんでした」と、室員相応に精一杯の奔走をしてくださったのである。ちなみに定価は、いずれも「三十銭」であった。改造文庫版は「四十銭」である。

改造社にも尋ねたところ、ここはすでに代替《だいがわ》りしていて、出版業は止め別の事業をすすめていて、「昭和期の当時のことを知る家族はもう誰もいないので、応えようがない」とのことであった。

それにしても、五月発行の改造文庫版は、初版（この時点ではまだそう思い込んでいた）は少ないものの、それでも道内では小樽文学館のほかに道立図書館にも所蔵されているけれど、重版のそれは今のところ見つからないのである。新潮文庫版に比してひと月遅れで出版できた改造文庫版がどれほどの勢いで版を重ねていたものか、それが不明のままで過ぎていた。

この改造文庫版が発売禁止になっていたことを知ったのは、関麻里菜の論文「小林多喜二『蟹工船』に見る昭和初期の検閲」の存在を知って読んでからである（一七年六月八日）。この論文は、東京の区立千代田図書館の河合郁子企画チーフから紹介されたものである。経緯は、たまたま一七年四月の新聞紙上で、千代田図書館が戦前の出版検閲に携った検閲官の実像を伝える資料展示開催の案内(6)を見て、自分がいまとりくんでいる研究のあらましを知らせ、その資料展「検閲官」の関係資料を送ってくださるようお願いしたところ、この展示のイベント等がすべて終わった後に河合企画チーフから届けられた資料の中に、関論文の案内が同封されていたのである。

この論文(7)で関は、戦旗社刊行の『蟹工船』の四つの版本について、その伏字の異同を書誌学的に考察しているのであるが、その中で、「小田切進氏は……昭和五年三月……（『蟹工船』の—引用者）改訂普及版を発行したが、……発売禁止(8)にあった(9)」というのを、もしそうであるなら「これを参考にして発行した全ての版本は処分を受ける」はずだと指摘し、小田切がいう「発売禁止……の各版のちがいについて……くわしい」手塚のこの作品への「解題」（『定本　全集』第四巻頁二二一）にも即して、「戦旗社の単行本以降に『蟹工船』を収録した版本は『戦旗社の改訂普及版にだいたい準じられている』」ことを示して、どうして「たとえば新潮文庫版（三三年四月一〇日―引用者）は発売を許可されている」のかと問い迫り、これらのことから「小田切氏……による……解説（改訂普及版の発売禁止説）は誤りであると……私は考える」と控えめに語っている。それは書誌学的に迫る厳しい指摘であった。

この後、関は、先刻の『蟹工船』のそれぞれについてどこが（その箇所と範囲）「伏字になってい」れば発売頒布の処分がされないですむのかを解明し、そうすることで出版物検閲のねらいが何であったかを明らかにしている。

その関が、どうしたわけか、何の説明もなくいきなり「一九三三年五月に改造文庫から改訂普及版を底本とした『蟹工船・工場細胞』が発行されているが、発売頒布禁止処分となっている」ことを伝えているのである。

この論文の発表は注（7）にみるとおり〇八（平成二〇）年二月（『北の文庫』47号　中京大学文学部三年）であるから、手塚の記録にもない、手塚のどの「解題」「年譜」「著作目録」にも記録のない、おそらく初めての記録になるであろう。後述することにもなるが、この時点で関の論文指導にかかわられた（はずの）浅岡准教授（現在は教授）や、一一年二月に区立千代田図書館主催の資料展「浮かび上がる検閲の実態」連続講演②で、「戦前期の発禁本のゆくえ」の講演の折に公表されている一覧表「小林多喜二『蟹工船』各版の処分経過及び現存状況について」の東京農業大学の大滝則忠教授は、この改造文庫版の「発売頒布禁止処分」を知っておいでだったのであろうか。もしそうでないとしたら、関はどこからこの情報を得たのであろうか。

この関の論文を読んで、五月の改造文庫版が前年発売禁止にされたそれの後に重版されたものであったことを知って、手にしていたこの「初版」本がひどく貴重な所蔵になることに気づいて、幾分得意げな気分でいたのである。この発売を許可されていた文庫版が、発刊後いつ、どのような事情から発売を禁止されたのか、新潮文庫版とはどこにそうなる瑕疵《かし》の相違があって処分を受けることになったのであろう？　等々と自問しながら、関の文章のその個所を読み直してみると、その理由が、「発行日が多喜二の死から僅か二ヵ月後であるために読者の反応が過剰になると予想して発売頒布処分になった特殊な例であると思われる」と、執筆者の予測が綴られているのである。そこには関の切実な思いが込められている記述のように思われた。

それまでの関の書誌学的な筆遣いとは違って、ここだけが何か知らん情動的な観測に傾いたそれになっていて、正直な気持ちをいうなら、何があったのであろうかと、割り切れない思いがよぎったりするようなふうなのであった。論文の最後であったからであろうか、そういう気分が一瞬間、関の心をよぎったのかもしれない。この後、最後の「まとめ」が綴られて論文は終了している。

それにしても、関の予測がそうだとすれば、同様のことが新潮文庫版についてもいえることで、そうであるなら新潮文庫版が何の支障もなく発行を続けられているのはなぜなのだろうか、やはり改造文庫版にはそうさせる何かがあるからに違いないなどと、あれこれ自問するばかりの日が続いた。そして、この疑問を千代田図書館の河合企画チーフにメールを送り、関さんの所在や疑問への回答をいただけるよう依頼したのである。

事態はここから急展開し、河合企画チーフをとおして届けられたのは、浅岡教授から関さんは今は研究生活から離れていて連絡が難しく、代わってみずから回答されてきたのが『㊙出版警察報』（以下、『㊙警察報』）第五六号（昭和八年五月　頁五六の二）の該当事項の写し（ＦＡＸ）だったのである。一一月も初旬のことである。

「発売頒布禁止」の処分は確かにあったのであるが、それは五月の文庫版ではなくて、四月一日発行の文庫版で、七日に処分されているのは、この章の冒頭ですでに記述しているとおりである。実はその頃はまだ以前にみていた『㊙概観』の記録が、四月に改造社から出版予定のこの文庫本のことであったのに、そのことに気づいていないでいた筆者は、五月の改造文庫版が初版だと思い込んでいたので、今回、河合企画チーフをとおして浅岡教授から届けられてはじめて知った『㊙警察報』の該当事項のコピーでその詳細を読み、すでに紹介している先の記録から、五月のそれとは別の文庫版が予定していた四月発売を禁止されていたのが確認できたのである。また、千代田図書館の「検閲の実態」資料展の関連講演会「記録」で東京農業大学教授大滝則忠の「戦前期の発禁本のゆくえ」（一一年二月）から、五月の改造文庫版が「初版」でなくて、四月の文庫版の「改訂版」であることを知り、手元の文庫本を確かめると、背表紙の上方に紛れもなく横書きで、右側から小さくそう印字されていたのである（口絵ⅱ頁参照）。

そうなると、発売禁止された四月の文庫版が「初版」とみていいようにも思われるのだが、大滝は「初版については不明(10)」としているのである。今のところ当の文庫版が見つかっていないのだから、確かめようがない。当を得た判断であろう。

関論文を読んで以来、未知の道程をこのような経緯をたどって、それで一一月になってからこの章を書き出すことができるようになったのである。

ところで、五月の文庫版がまだ「発売頒布禁止処分」になったものと思い込んでいた頃、四月の新潮文庫版は一〇月半ばには三八（昭和一三）年重版で「卅六版」を重ねていたから、これは改造文庫版が発売禁止になっている所為だろうと、そう思って新潮文庫版のさらなる重版の伸びに思いを馳せたりしていた。しかし、改造文庫版が発行されているとなると、こちらの売れ行きも期待されるので、その後の重版の文庫本が見つかれば、先にみたような深刻な、他者の眼や自分の立ち居振る舞いに気を配らなくては暮らしも難しい時世にあって、一体どれほどの人たちが読者になっていたか、その購読者の数字は当時の人々の作品に対する関心の動向を知るうえで貴重であろう。

しかし、どうしたことか、「改訂版」の文庫本はいくらか情報もあるのだが、肝心の「改訂版」の重版の方は、あれこれと捜してみてはいるものの、なかなか手掛かりもなく見つからないのである。たまたま或る古本屋の協同組合に尋ねてみると、数人の組合員も寄り合っていたので聞いていただくと、異口同音に「手元にもなく、全然見かけたこともない」というのである。新潮文庫版のときとはまるで様子が、反応が違うのである。何があるのだろう？　気の所為であろうか？　ひたすら情報を待つほかないのが、今の事態である。前にも言及はしているが、恐らく重版されていなかったのではあるまいか——そう思うようになっている。

冒頭末の岩波文庫版と照合した「対照表」に用いている「改造文庫版」は、以上にみてきたような事情・経緯を抱え込んでいた文庫本で、その「改訂版『蟹工船』第一刷」の伏字された実際の一覧である。これらの伏字がどのようにこの作品に描いた多喜二の「意図」を覆い隠すものになっているか、それを以下にみてゆくことにする。

なお、終章末に新潮文庫版『蟹工船』（三三年七月）と照合した「異同一覧」を付録で載せたので、参考にしていただけたらうれしく思う。

2. 改造文庫版『蟹工船』（三三年五月）にみる伏字の実態とその効用

小説『蟹工船』は四〇〇字詰めの原稿用紙で、ほぼ二〇〇枚程の作品であるが、そこに伏字された箇所は、「対照表」でみると二〇九箇所に及び、その字数は一、〇二七文字である。一字、二字のものもあれば、数行に亘り、しかも飛び石状に点在して伏字にされている場合もあって、その個所のある描写や説明を読んでも、表現している語句や文言がよく伝わってこないようになっているのが殆どである。だから伏字にもしているのであろうが、多喜二がそこで表現しようとしたどんな「意図」がこの伏字で覆い隠されてしまっているか、そのたくまれた実態をその個所に即して以下に読み解いていってみようと思うのである。

（1）一字も残さず伏字にされた箇所の性描写とその皮相な処分理由

最初に取り上げたいのは、この作品の中でまとまって伏字にされている同じ表現内容の二ヵ所についてである。それは「対照表」の「該当の表現箇所」で挙げてみると、「伏字41〜65」と「伏字98〜99」の性描写の場面である。

前者は岩波文庫版でいえば、「頁五三行一六」から描かれる箇所で、過労から心臓を患っている「身体が青黄く、ムクンでいる漁夫」が見ている、「十四、五の雑夫」に一人の漁夫が「夜這い」をするところから始まる場面である。

舞台は、陸《おか》から遠く引き離された洋上の缶詰め工場に働く「頑丈な男たち」ばかりの世界である。しかも、「四ヶ月、五ヶ月も不自然に……『女』から離されていた」所為で、「性欲に悩まされ出していた」男たちの堪えきれないほどの切ない欲望を、多喜二は家父長制時代の性差の一般的なそれとして描くのである。

このレイプの場面は、それを見ていた漁夫が「喧嘩だナ、と思った」とあるから、伏字されている箇所をそのようにも読めるが、ここの顛末を見た後で、その漁夫が「酔はされたやうな、擽られたやうな興奮をワクワクと感じ」るのだから、どうもそれは「喧嘩」ではなかったのだと、読者には読めてくる。しかし、次の段の描写（ここの伏字の語句は予測がつく）から、それがどういう場面を描いたものか、あれこれの相応の行為を想像して思い描けても、多喜二が表現したようには見えてこないであろう。そして、この場面で「歌ひ出」される漁夫たちの「歌」の歌詞がすべて伏字にされているのだから、その歌に託した漁夫の情がまるで伝わってこないのである。

この後の、学生が「度肝を抜かれ」て見る魚夫たちの身悶えしても治まらない、どうしようもない果ての「身体のしまる、何か凄惨な気さえ」する「自瀆」行為も、そのような場面は想像できても、学生の見たようには見えてこないから、多喜二が描こうとしたこの時の漁夫たちの心身にあふれる真実な相貌は、ほとんど読み取ることができなくなっているのである。したがって、「それから……始まった」漁夫たちの雑夫への行為も、伏字のままでは、これがさながら私的制裁《リンチ》か何かのようにも読まれてしまい（「バットをキャラメルに換えて、ポケットに二つ入れ」、雑夫と「便所臭い……物置」にいるとすれば、何かの秘事がなされているようにも読めるが）、それがレイプ（「夜這い」）の始まりであったなどとは、どうしても読み込むことが難しくなっている。

後者の場面は同上の「頁八〇行一六」に始まる描写で、蟹工船の漁夫や船員に陸にいる家族からの「荷物」を届ける「中積《なかつみ》船」の到着が、彼らを「『女』よりも夢中に」させる様子を表現してゆく。

「日付の違った何通りもの手紙、シャツ、下着、（中略）歯磨、楊子、チリ紙、着物……の合わせ目から、思いがけなく妻の手紙が……出てき」て、「彼らはその何処からでも、陸にある

『自家《うち》』の匂いをかぎ取ろうとし……乳臭い子供の匂いや、妻のムッとくる膚の臭いを探した」りしている、そのときに「やけに大声で『ストトン節』をどな」るのが聞こえてくるのである。

　この「ストトン節」にある二ヶ所の伏字が、いずれも「おそそ」（女性の外部生殖器）なのである。そのことばが伏字のために、男たちがどんな思いを込めて「どなった」のか、このときの心情がさっぱり伝わってこなくなっている。誰が歌い「どなった」のか、主語を示していないのが、そのすぐ後に「何んにも送って来なかった船員や漁夫は」と続く一文で、ここに描写されている彼らのいたたまれない行為から、その主《ぬし》たちが誰であるのがが分かるように表現されている。

「ズボンのポケットに棒のように腕をつッこんで、歩き回」るこの漁夫たちの動作には、荷物や手紙の送られて来なかった自分たちに、妻や子どもと離れて暮らす寂しさをいっそう募らせ、羨望《せんぼう》と孤独感、その羨ましさと惨めさ、淋しさとやりきれなさに苛《さいな》まれて、これをみずから慰め、忘れようとして『ストトン節』を怒鳴るようにして歌い、「歩き回ってゐ」る姿が描き出されていて、何とも傷ましいかぎりである。

　このように中積船の出現は漁夫や船員たちの明暗を際立たせ、蟹工船の船内は喜びと落胆に暮れる悲喜こもごもの男たちの世界に染め上げられてゆく。手紙でも子どもの死や誕生の「報知《しらせ》」を手にして「何時までも」落ち込んだり、「頓狂《とんきょう》な声」を上げて「赤子の写真」を「見せて歩いた」りなど、その反応もさまざまで、中には「妻でなかったら、やはり気付かないような細かい心配りの分るものが入ってい」ると、「急に誰でも、バタバタと心が『あやしく』騒ぎ立」ち、「ただ、無性に帰りた」い気持ちに駆り立てられたりもするのである。

そうした中で、怒鳴るようにして歌われる「ストトン節」は、おそらく替え歌であろう(11)が、漁夫たちの「無性に帰りた」い気持ちをひとつに結《ゆ》いあげて、船室いっぱいに響き渡ったのではあるまいか。どの漁夫たちも、ここではその春歌の小唄を歌い合うことで、込みあげてくる帰心の思いを笑い飛ばしていったに違いない。

伏字はそういう漁夫たちの思い募る心情とは無縁に、情け容赦なくそのこころやからだの表情を「風俗ヲ壊乱スルモノ」と機械的に「判定」し、一片の語句をもらすことなく、ことごとく覆い隠しているのである。

これが出版法の禁ずる「風俗ヲ壊乱スルモノ」（第十九条）の実相であり、それは一八八七年の出版条例の時代から言い続けられてきた禁止規定（第十六条）なのである。しかも、これは六九（明治二）年の条例以来、「世治ニ害アル者」として禁じてきた事項である。その「風俗壊乱」の禁止事項は、内務省の「検閲標準」によってさらに細かく規定され、厳重にチェックされてゆく経緯は既にみてきたとおりである。

先の二つの場面描写は、この検閲の「一般標準」に照らすとどうなるか。おそらく「(1)猥褻なる事項」の(ロ)に抵触すると「判定」されたのであろうが、それが「性、性欲又は性愛等に関係する記述」であることは認められても、「淫猥、羞恥の情を起こさしめ社会の風致を害する事項」に相当するものであるかどうか――少なくても、作品に描かれた描写の表現する内容に即してこの文脈をたどって読むなら、これがその場面における漁夫や船員たちの行為や心情の真実をリアルに描いた場面になっている、ということである。そういい得ないであろうか。決して後半部に規定するような表現でないことは、明らかであろう。

前半部の春歌は二九年一一月の単行本改訂版のときに伏字にされていて、後半部のそれは九月版ですでにこの二カ所に「×××」がついていたというが、生殖器を隠したがるのは官憲の「習性」だったという人もいる。浅岡は前掲の講義録で、内務大臣の権限であった発売頒布禁止の一部が地方の警察部に委譲され、それが「1春画、2陰部を露出せる人物及び写真、3淫本、4一見明らかに前各号の広告又は紹介と認められる印刷本」(一九一八〈大正七〉年の内務省令。二年後に4がなくなる)であったことを記している。これらの春画、春本は「各官庁内の警察が見つけ次第、処分と差押えをしてよろしい」という権限委譲の事情が、あるいはその「習性？」の起因になっているのかもしれない。

(2) なぜ「風俗壊乱」が「安寧秩序を紊乱する」取り締まりの対象になったのか
――その歴史的、政治的背景――

この天皇制権力が禁止する「風俗壊乱」の事項は、江戸時代から禁止事項でもあった。最も早い出版禁止令は一六五七(明暦三)年に京都の住民に出された京都所司代牧野佐渡守からの触(官署からの告示。「布令」とも当てる)「篠々《じょうじょう》」(12)である。

当時、江戸では殖産興業をすすめ、漢学、洋楽の書を解禁する動向とあいまって出版活動も大きく伸長するかたわら、これを統制してきた綱吉の政策を引き継ぐ吉宗の享保五（一七二〇）年以来の出版取り締まりの動きをみると、二年後の二二年、この後の基本とされてゆく「出版条目」（統制令）を幕府は発令している。

そこでは①「猥成儀異説《みだりなるぎ》等を取り交《まぜ》」て記してある本、②風俗を乱す「好色本之類」、③「人々家筋先祖（大名、旗本の先祖〈引用者。以下同じ〉之事などを）記した本、④「作者並《ならび》板元」の実名を奥書していない（検閲を受けていない）本、⑤「権現様（家康）之事」、「御当家様（将軍）之事」に関する本――これらを禁書に指定している刊本に限らず、書本《かきほん》（写本）もその対象であった。そして、書物屋仲間(13)に互いが違反のないように吟味することまでも指示していたのである。いわゆる自主規制である。

このうち②は内務省の「検閲標準」でいえば「風俗壊乱出版物」であり、③～⑤が「安寧紊乱出版物」に該当する禁止事項である。①は②以下に該当しない、幕藩にとって都合の悪い書物で、それらはすべてこれらの内容を認《したた》めてある本として取り締まったというから、結局これは「安寧紊乱出版物」ということになろう。そのように、ここでも「好色本」は「風俗壊乱」の書として禁書にされてゆく。

井原西鶴（一六四二〈寛永一九〉年～一六九三〈元禄六〉年）の浮世草子(14)の後、江戸の小説は『雨月物語(15)』などの読本《よみほん》や洒落本《しゃれぼん》の『通言総籬《つうげんそうまがき》(16)』などが出て賑いをみせるが、一七九〇（寛政二）

年、老中松平定信（一七五八年〜一八二九年）は「風俗壊乱」の理由で遊里を舞台に「通《つう》」とはどういうものかを描いた洒落本を禁止し、作家の山東京伝《さんとうきょうでん》[17]（一七六一〈宝暦一一〉年〜一八一六〈文化一三〉年）は手鎖をされたまま獄舎に繋がれたりしている。これに代わって、口語の会話体で男女の情を色濃く描く人情本[18]が為永春水《ためながしゅんすい》[19]（一七八九〈寛政元〉年〜一八四三〈天保一四〉年）らによってものされてゆくが、これも同じ理由から老中水野忠邦（一七九四〈寛政六〉〜一八五一〈嘉永四〉年）の天保の改革（一三〈一八四二〉年）のときに発売禁止にされてしまうのである。滑稽本の十返舎一九《じっぺんしゃいっく》[20]（一七六五〈明和二〉年〜一八三一〈天保二〉年）や式亭三馬《しきていさんば》[21]（一七七六〈安永五年〉〜一八二二〈文政五〉年）らが現れてくるのは、この後である。もちろん、歌舞伎（女歌舞伎は一六二九〈寛永六〉年、若衆歌舞伎は同五二〈承応元〉年に禁止）も浮世絵も、この取り締まりの対象であったことはいうまでもない。

それにしても、これほどに支配層からの「禁止」の処分が繰り返されていても、それにひるまずに次々とあらたな文化を創り出す文化人（芸人・職人）たち、そしてまた、これをまたさまざまな町民や商人等の庶民たちが求め、受け入れてともに文化の灯を点《とも》しつづけてゆく共同のアグレッシブな文化交流の創造行為は、「禁止」を繰り返して止まない権力者、支配層への挑戦であり、抵抗するアクティブな生き方を映し出してもいて、その歴史を刻む営みであることを示してもいるのであった。支配者の度重なる執拗な「禁止」の処分は、皮肉にも庶民たちの文化創造への尽きないエネルギーの源泉になっていたのである。

この庶民たちの文化創造への尽きないエネルギーの発露を可能にした背景に関して、いま書き認《したた》めながら気づいたことがある。それは、かれらの日常のいのちと暮らしを絶え間なく脅かしてやまない戦《いくさ》への不安と危機の怖れがまるでなく、あれこれの多少の揺らぎはあるものの、基本的には「江戸の安寧」の世が二六〇年もの長きにわたって持続していたことである。

元和元（一六一五）年五月、「大坂夏の陣」で豊臣氏が滅び去り、それまで繰り返されていた戦国乱世の時代が終止したのである。この「元和偃武《えんぶ》」（元和の戦がやんで太平の世になったこと）以来、大政を奉還する（一八六七〈慶應三〉年一一月）までの時代の推移は、平和な時を刻んで過ぎゆく安寧の世であった。この間の「平和」の時間こそは、至極当たり前のことではあるが、庶民たちが自由に、心ゆくまで現在と未来を見渡して存分に文化や学問（蘭学などの自然科学）を創造する営みを織り成してゆく、営為の下敷きにある大本の源泉だったのである。

それにしても、支配者はなぜ「風俗壊乱」を重視して、ことさらに「風俗」を取り締まりの対象にするのか——その考証が必要であるが、先ずはスケッチ風にこの背景を以下にたどってみよう。

この当時をみると、支配層や武家や公家をはじめ商家や豪農層などでは、「家」を中心とする家父長制の社会が定着してきて、中～後期には一般庶民の間にもその「家」が意識化されてくるようになる。こうなると「家」を守り、存続させる営みは「次代への継承」という不可欠の課題となり、後継ぎを得る「生殖としての性」が、男たち女たちのもっぱらな関心事になってくるのである。そのための一夫一婦制の定着とともに、妻妾制《さいしょう》もしつらえられてゆくようになって、「性」も「家」に従属してくる代物《しろもの》＝存在となり、「快楽としての性」がもうひとつの「性」として意識され始めてくるのである。したがって、この「生殖としての性」を「家の性」に間違いなく確保してゆくには、「快楽としての性」＝「遊びの性」を吸収・管理する仕組みが不可避的に求められてくるようになる。そして、この「遊びの性」が無秩序に広がり、暴走するとなると「家」の継承・存続が「壊乱」してゆくのは必然であるから、支配者にとってそれは「安寧秩序を紊乱」させる由々しい事態になってくるので、これを治める必要から、官許の「遊里」を用意してゆくのであった。

このことは「風俗」と「安寧」の秩序が一体のものであり、「風俗壊乱」を取り締まることなしに「安寧秩序」は保障されないものであることを如実に物語っていよう。こうして「性」は、日常的なケ（褻）の世界である「家」と、非日常的なハレ（晴）の世界である「遊里」とに二元化されていったのである。

そうはいっても、この「家」と「遊里」の間を往き来するのは男たちであって、女性はいずれかの空間に閉じ込められたまま、そこでの役割をあてがわれて、これを背負って生きてゆかねばならなかったのである。とりわけ上流社会の女性たちは終生「家」に囲い込まれていて、「生殖としての性」をきちんと担えるように育て上げられ、嫁として子を産む道具として「貞潔」を強いられ、老いても「家」からは決して自由になれない宿命《さだめ》に縛られ、そこに固定されたまま生き果てざるを得ない存在に位置づけられていたのである。そして、ここから比較的自由であった庶民の女性たちも、その枠組みからは脱け出せず、家父長制下の女性の宿命を背負って生きてゆかねばならなかったのである。

日常の「家」の世界にケ（日常）の規制が強化されて「性」から閉ざされるようになると、今度は逆にこの閉ざされた「性」を求めて、ハレ（非日常）の「遊里」の世界に入れ込み、ゆがめられた性衝動の充足をかなえようとする行為が激増してゆくことになろう。また、それが叶わぬ女性たちは、男との隠れた忍びの情愛の世界に生命を賭して、裏側の生をひたむきに紡いでゆくのである。当時「心中《しんじゅう》」が流行（?）するのも、そうした男と女の切羽《せっぱ》つまった深刻な「性」の事情を反映した相《すがた》であったといえるであろう。江戸時代の三文豪（西鶴・芭蕉ら）の一人といわれる近松門左衛門（一六五三〈承応二〉年〜一七二四〈享保九〉年）の浄瑠璃・歌舞伎に、「心中物」（『曽根崎心中』一七〇三〈元禄一六〉年など）が市井《しせい》の人情を映した作品として当時多くの人びとの支持を得てからは、これが「世話物」として読者の裾野を広げているのも、世相を映し出した現れだったのである。

このような事態を放置するなら、ケの世界の日常的な「家」の秩序は「壊乱」してしまうかもしれない。そういう支配者の側の不安が「安寧秩序」を期待し、「日常の側から『遊所《ゆうしょ》』を『悪』と規定して、道徳的に規制しようとする動きが強ま」り、「『芝居』が『遊所』とともに快楽としての性の横溢《おういつ》する場とされ……（そこを―引用者）ともに『悪所《あくしょ》』とか『悪所場《あくしょば》』とか呼ばれるように」してゆくのである。そして、「官許《かんきょ》」された『遊所』以外の岡場所《おかばしょ》に遊興の世界が広がり、「夜鷹《よたか》」や「惣嫁《そうか》」と呼ばれる街娼《がいしょう》が増えるようになると、日常と非日常との境目も曖昧《あいまい》になった」が、「それらすべてを非日常的な快楽の世界と虚構することで、日常の性の世界が維持されて[22]」ゆくようにしたのである[23]。

この支配の倫理は、そのまま社会の仕組みとしては同じ明治天皇専制の政権を支える家父長制下の社会道徳として引き継がれ、「安寧秩序」としての「家」＝「国体」＝「皇室」の護持と確実な継承を維持するには、「風俗壊乱」をもたらすような「事項」は、何としても許してはならない禁止の課題としてセットされているのである。したがって、絶対主義の天皇制権力は「性」に関するすべての表現を秘事として取り締まり、これを統制していったのである。

人間のごく当たり前の自然な性本能が政治的な意図の下に封じ込められるとき、それがゆがめられた性衝動としてさまざまに表現されてゆくものであることを、多喜二はあの漁夫や船員たちのことばやからだの表情を描写することで、リアリティーのある場面に仕上げていっている。

伏字はその真実性を余すところなくすべてを覆い隠し、空疎な人間の、わけの分からない、バラバラな営みに翻弄される点描の場面にすっかり作り替えてしまっている、そういう作業なのであった。ちなみにこの二つの場面の伏字の箇所と字数は、二七カ所（一三・五％）、一六一文字（一五・七％）である

（3）「不敬」に問われた二つの場面と描写

次は、「不敬」が理由になっている二つの場面の伏字についてである。

既に触れたことではあるが、『蟹工船』を最初に発表した二九年『戦旗』五月号と六月号のうち、「不敬」を問われて発売頒布禁止になっているのは、後半に「不敬」と「判定」された漁夫の台詞（伏字２０１～２０２〈岩波文庫「頁一三二行四」〉）のある六月号のみで、前半の漁夫のことば（伏字一七〈同上「頁二六行一二」〉）のある個所は不問にされたのか、あるいは漁夫に語らせた多喜二の意図が見抜けなかったのか、そのまま発売されているのでる。

改訂普及版で出された三〇年の単行本の場合は、岩波文庫版で示すと「頁一三一行一三～頁一三二行四」（伏字２０２）までをすべて伏字にするような処遇がなされていて、場面がまるで不明になっているのである。これが三三年の改造文庫版になると、そこは対照表のとおり「伏字１８４～２０１」にみるような伏字にされているが、残されたわずかばかりの字面《じづら》をたどっても、「蟹缶詰……を作る」漁夫たちの間でどんな会話を交わし合っているのか、皆目見当がつかないほどに、場面の描写が寸断されているのである。

多喜二がここで表現した場面を岩波文庫版でなぞってみると、以下のようになっている。

「毎年の例で、漁期が終わりそうになると、……作ることになっていた」天皇への「蟹缶詰の『献上品』」は、「俺たちで本当の血と肉を搾り上げて作るもの」で、「皆そんな気持ちで作っ」ていたのである。この説明と漁夫のことばは、それまでの強いられてきた過酷な労働が、実は漁夫たちの「血と肉」のすべてを搾取する本体こそ、事業主やその上の「丸ビルにいる重役」（同上頁三二）のさらに上層の最頂点に立つ天皇であることを、この「血と肉」で漁夫たちは看破していたから、その「献上品」に彼らの恨みと怒りと抗議の気持ちを込めて、「石ころでも入れておけ！――かまうもんか！」と嘯《うそぶ》かせているのである。だから、この「嘯き」は漁夫たちの共通の内なる声として、「今では、皆の心の底の方へ、底の方へ、と深く入り込んで行った」のである。

多喜二が伝えようとした表現の意図は、明瞭である。それが伏字によって、少しも伝えられずに掻き消されてしまっているのである。

他方、発行された『戦旗』五月号に登場する漁夫の、改造文庫版でいえば前半部で伏字にされている「伏字17」の二七文字の台詞は、悪鬼《あっき》のような現場監督「蟹工の浅」につながる遥か彼方の支配的存在者である天皇を視野に入れている漁夫でなければ、口にできない言辞《ことばづかい》である。今は眼前の「ジロジロ棚の上下を見ながら、左肩だけを前の方へ揺すって出て行」く暴力的な取り締まり屋の現場監督「蟹工の浅」が問題なのであって、さしあたっては「天皇陛下は雲の上にいるから、俺たちにヤ《ママ》どうでもいい」存在であるといっているだけなのである。しかし、この存在も「浅川」と同じ系列に位置する、しかも日常は「雲の上にいる」ばかりの支配者であって、そうでないときは、浅川監督同様に批判や抗議、攻撃の対象になることを言外に言い残した語り口になっている。

前後の文脈をたどり、想像をふくらませて読み込んでも、この漁夫の台詞が天皇のことを語っているとは思いもよらない「二七文字」である。そうだからこそ、この表現のねらいを隠蔽すべく、しっかり伏字にしたのである。そうしておけば、前半部と後半部のこの漁夫の声が相呼応しあって、作品の底を流れるあの天皇批判の奏でる巧みな楽曲の音色は、まるっきり聞こえてこないからである。

そういう効果を考えてこの二つの場面にある「不敬」の語句や文言を覆い隠したかどうかは疑問ではある。しかし、結果としてこの二個所（伏字195〜207）を確実に伏字にしたことで、多喜二が構想した表現上のねらいも作品の意図も、みごとに塞いでしまうという、そういう働きをもたらしているのであった。

このように、「皇室の尊厳を冒瀆する」ことは、どんなことがあっても許されない「事項」なのであった。この検閲実務の至上の課題は、そのような「言辞」を「必ず禁止」するところにこそあった、ということである。

（4）なぜ「帝国軍隊」の用語や文言をすべて伏字で覆い隠したりするのか
――その背後にあるものと多喜二の戦争観・軍隊観をめぐって――

第三は、「対照表」を一見して気付くように、「警備、駆逐艦、我帝国の軍艦」等々の軍隊に関係のあるよう用語や文言が伏字にされ、それが作品全体にちりばめられていることである。しかも、これが日・露両国のそれにまたがっているのである。それをみてゆくことは、多喜二が蔵原究の手紙のなかで、「全体的に見られなければならない」と語って示した「帝国軍隊―財閥―国際関係―労働者」の関係性から「軍隊自身を動かす、帝国主義の機構、帝国主義戦争の経済的な根拠」を描く、透徹した表現の魂を覆い隠す道程をたどることにもなるであろう。

作品の冒頭部で描かれる函館の港に登場してくるのは、出航前の「蟹工船博光丸のすぐ手前に、……錨の鎖を下していた……ロシアの船」である。そして、これが「日本の『蟹工船』に対する監視船だった」(岩波文庫版頁七〜八)と説明している。伏字にはなっていないが、どうしてここに「ロシアの……『蟹工船』に対する監視船」がいるのか、読者には何も明かされないまま、小説は進行する。やがてわかってくるのは、蟹工船の蟹漁の操業が、「日本帝国主義の大きな使命のために」(同上書頁一九)「露国の監視船に追われ」(同上)るような危険を冒してまで「ロシアの領海へこっそり潜入して漁をする」(同上頁九四)領海侵犯の国際的な窃盗行為の「自衛出漁」であり、「それで駆逐艦がしっきりなしに、側にいて番をしてくれ」(同上)ているつながりになっているのである。

したがって、ここまで読んできて、これも博光丸の出航前に「とも」(「艫」か―引用者)のサロンで「会社のオッかない人、船長、監督、それにカムサッカで警備の任に当る駆逐艦の御大《おんたい》、水上警察の署長さん、海員組合の折鞄《おりかばん》」たちが酒を酌み交わしている(同上頁一八)わけがみえてくるのである。そして、この後、ハッチを下りて漁夫たちのところへ入ってきた監督が、「あっちへ行っても始終我帝国の軍艦が我々を守ってくれることになっているのだ」(同上頁一九〜

二〇）と豪語していたわけもである。

はじめはどうして「駆逐艦」が、「我帝国の軍艦」がカムチャッカで蟹工船の「警備の任に当るのか、また、「Ｖ」の前半部終りの辺りで、「日本の旗」をはためかせ、「よく水平線を横切って、駆逐艦が南下して行」くのを「甲板で仕事をしている」漁夫たちが見かけて、「眼に涙を一杯ため……あれだけだ。俺たちの味方は」と言って「帽子をつかんで振」り、その船影が「だんだん小さくなって、……見えなくなるまで見送っ」ている場面（同上頁七七〜七八）が描かれているが、これは「警備の任に当」たっている駆逐艦とは違うのではないだろうか――そうだとしたら、これらの駆逐艦はどんな任務をもって行動しているのであろうか、そんな疑問をもちながら読みすすんでゆくように、作品を組み立てているからなのである。そういう作風を組み込んで、多喜二は作品の描写に向き合ってもいるのである。

しかし、肝心な語句が「×」にみられるような伏字になっていては、「我帝国の軍艦」の働きを描いた「意図」が少しも伝わってこないのである。しかも、この場面で給仕から明かされてゆくのは、「金がそのままゴロゴロ転がっているようなカムサッカや北樺太など、この辺一帯を行く行くはどうしても日本のものにするそうだ。……それにはここの会社が三菱などと一緒になって、政府をウマクつっついているらしい」という「士官や船長や監督の話」（同上頁九四）である。そしてさらに、駆逐艦の蟹工船警備の出動が、「ればかりの目的でなくて、このへんの海、北樺太、千島の附近まで詳細に測量したり気候を調べたりするのが、かえって大目的で」あって（こ

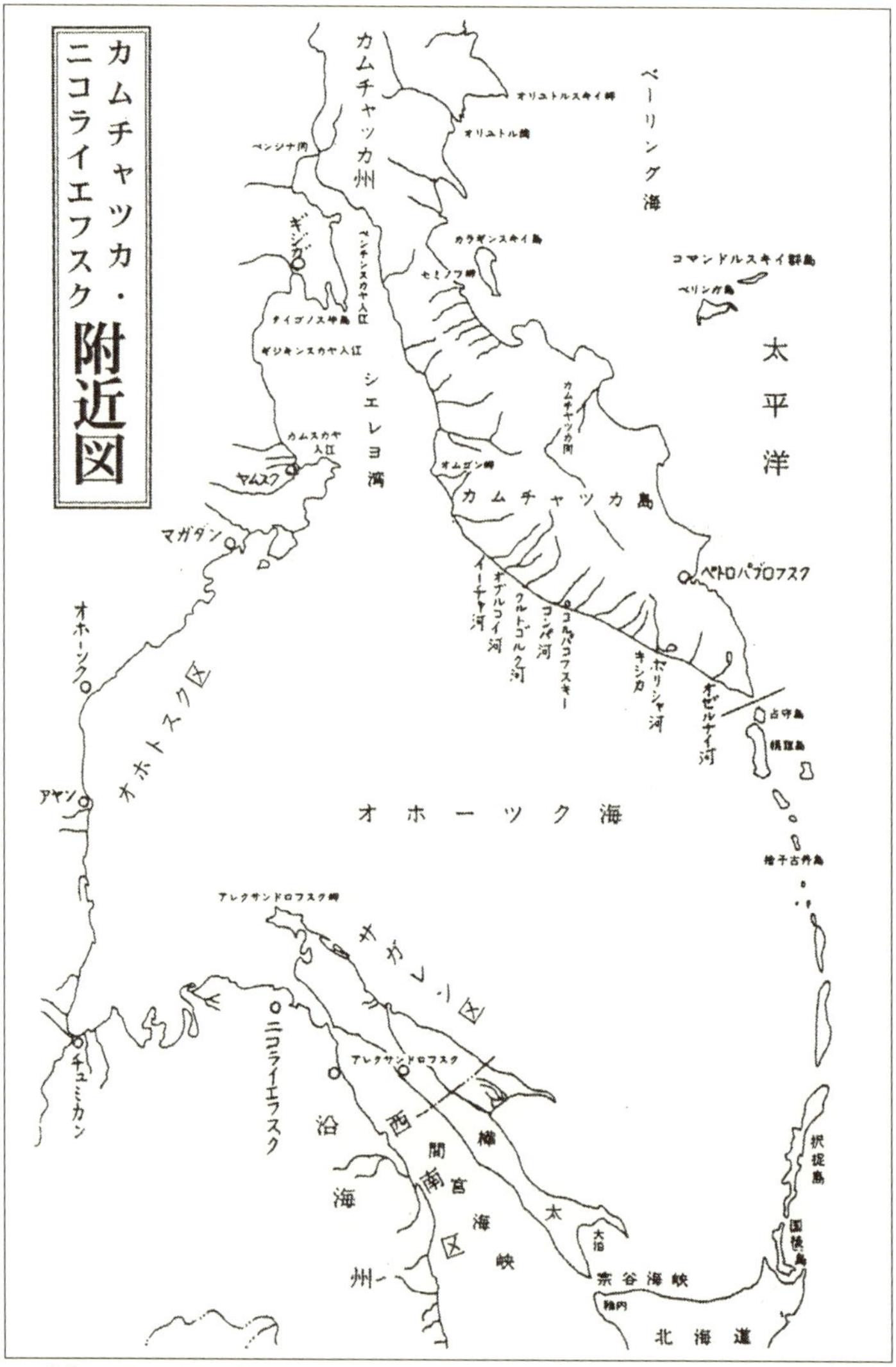

『富山県北洋漁業のあゆみ』(富山県北洋漁業史編纂委員会、1989年)より

この文中に「コレ」とあるのは「賄賂」のことで、二つの「アレ」は、文脈のとおり「侵略」のことであろう）、「千島の一番端の島に、コッソリ大砲を運んだり、重油を運んだりしている」ことが伝えられる。

こうして給仕が話を結んだのは、「今までの日本のどの戦争でも、本当は——底の底を割ってみれば、みんな二人か三人の金持の（そのかわり大金持の）指図で、動機だけは色々にこじつけて起したもんだとよ。何んしろ見込みのある場所を手に入れたくて、（手に入れたくて）バタバタしてるんだそうだからな、そいつらは」（同上頁九五）という語りなのである。これで後者の疑問も解け、それらが一体のものであることが分かってくるのである。

しかし、この伏字のままだと、北洋の海をなぜ駆逐艦がわが物顔に振る舞っているのか、その狙いはどこにあるのか、それらがまるで不明なままである。しかも、その狙いが北洋蟹漁の領海侵犯的操業を護衛する「警備」ばかりか、「（大金持）の指図で政府をウマク」動かして「戦争」を仕掛け、金儲けの「見込みのある場所を手に入れ」る領土拡大という帝国主義的進出、植民地支配を策動することにあり、多喜二は実は北洋の蟹工船漁業もその一環であって、それが日本の帝国主義と一体であったことを明らかにする構図を組み立てて執筆しているのである。これがもののみごとに掻き消されてしまっていて、その構図を読み解く作業がひどく困難にさせられているのである。

多喜二が給仕に仮託して語ったこのコメントは、「我カムサッカの漁業は蟹缶詰ばかりでなく、鮭、鱒と共に、国際的にいってだ、他の国とは比べもならない優秀な地位を保って居り、また日本国内の行き詰った人口問題、食糧問題に対して重大な使命を持っている」と監督に口上させているように、一九二〇年代のわが国の政治、経済の事情を踏まえてなされているものである。

蟹工船の操業が二一年に実業化されるようになる経緯は前述してもいるが、冒頭の函館港に「ロシアの……監視船」が姿を見せているとあるように、二三年頃にはすでに領海侵犯の操業で蟹工船の拿捕《だほ》や抑留が続発していた。そうした事情もあって、政府は漁業組合からの保護を求める要請を受け、翌二四年から駆逐艦四隻をその「警備」に就かせているほどなのである。

ロシアの一〇月革命後の一八年五月、カムチャッカの首都ペトロパブロフスクに一時労農政権が誕生するが、この時のロシア側の私有財産没収等の事情からその地の会社の失った漁業権や工場を三菱商事が入手し、北洋漁業㈱を興《おこ》したりするなど、堤商会、日魯漁業㈱、輸出食品㈱などの大企業が強い円を武器に北洋の漁場の多くを落札し、鮭鱒漁業の独占化がすすめられてゆくようになる。蟹工船による缶詰製造はこの後に続くのだが、一八年からウラジオストックに艦艇や陸戦隊を派遣し、軍隊を背景に横暴化する大企業の漁場荒らしに抵抗する河口流域の住民との争いの中で、「『帝国の生命線』が強調され、『満鉄』に対比する国策的な北洋漁業独占体の形成が唱導され」てゆくようになってゆく。そして、「原敬内閣は……戦艦、巡洋艦がカムチャッカの首都ペトロパブロフスクをまで制圧下に置きつつ、二一〜二二年に日本人北洋漁業に、一方的な『自衛出漁』を許可」（井本三夫　前掲論文頁一六七〜一六八）するような強硬政策をとってゆくのである。

先ほど引用した監督の口上で省略した言挙《ことあ》げのことばに、「（我カムサッカの漁業は）蟹缶詰ばかりでなく、鮭、鱒と共に」とあるように、ここにはその国際的な優秀さを自負してはばからないこの間の北洋漁業の戦略的な事情と、蟹工船のもつその「重大な使命」への自覚が、よく物語られているといえよう。

この時期の北洋史については引用した井本の論文に詳しいが、その中でこの考察の結論として、「蟹工船はこのような二〇年代前半、日本の北洋帝国主義と、ようやく権威を確立しつつあったソビエト政権とが対峙する、緊張のただ中で生まれたのであった」と論じている（同上頁一六八）。

銀行員であった多喜二はこうした事情にも通じていたであろうが、その情報の多くは、前にも紹介している小樽高商時代の同期生で、安田銀行から産業労働調査所函館支部に出向していて、北洋漁業の調査に当たっていた乗富道夫の協力によるものである。他にもう一人、やはり小樽高商の時の学友で、これも乗富と同じ調査所で札幌勤務の三浦強太がいたから、そこからの情報もあって、北洋漁業をめぐる多喜二のその構造的な把握がこのような作品の組み立てを可能にしているし、そこにみられる作品造型の叙述を導き出してもいたのである。

伏字はその「透き通るような鮮明さで見得る」べく描いたこれらの関係性の実体をもののみごとに隠し蔽いきって、「全体的に見られなければならない」多喜二の形象化した世界の全体像が、構造的に読み難くされてしまっているのである。これは多喜二の作品に限らず誰の作品の場合でも同様であろうが、作家の生命ともいえる作物《ぶつ》に対する言語道断な冒瀆であり、許し難い犯罪行為であるといわなくてはなるまい。

どんなにか悔しく、慰めようのない生命《いのち》の痛みを思い抱いていたことか――。それは、当時の読者とて同じであったことであろう。それほどに辛く、やり場のない苦痛を覚える伏字の現実である。

ここまでたどって来て筆者が思うのは、この時期の多喜二の内の戦争観は、まだその全体像を捉え切れていなかったのではないか、ということである。

『蟹工船』に「帝国軍隊」が登場してくるのは、蟹漁のソ連領内での違法操業に対する「警備」＝「見張番」と、後述する予定の漁夫・雑夫のストライキ鎮圧（＝「用心棒」）のための出動に限られているのは、その所為なのではあるまいか。多喜二が蔵原に宛てた手紙にある「軍隊内の身分的な虐使を描いただけでは、人道主義的な憤怒しか起こすことができない」と言い、この「憤怒」を腹の底に据え置いて、筆《ペン》はこの「虐使」を描くことに向わず、「その背後（軍隊内の虐使――引用者）にあって、軍隊自身を動かす、帝国主義の機構、帝国主義的戦争の経済的な根拠」についても同様に触れることもなく、その「経済的な根拠」なるものも「蟹工船」の側から見て、それとなく描いているだけである。しかし、「手紙」に示した四者の構図は「全体的に見なければならら」

ず、「それには蟹工船は最もいい舞台だった」としている。そう構想して描いた世界が、「帝国主義―財閥―国際関係―労働者」という四者の関係性を一体的（「手紙」では「全体的」）にその「機構」と「経済的な根拠」を視覚化して提示される。船内のサロンでの上官達の話を聞いていた給仕に語らせている話の内容から、そう語らせているのが多喜二の認識であるとみると、帝国海軍による北洋漁業警備の裏側のホンネを見抜いていたようでもあるが、これ以上に追跡して描く予定も用意も、どうも多喜二にはなかったものと思われる。むしろ多喜二は、「蟹工船」という工場に身を売るようにして乗って来た漁夫や雑夫への監督「浅川」からの苛酷で残虐無惨な暴力的な「虐使」を描くのである。そして、この無惨で非人道的な暴力の背後に存在する「財閥」と、これに群がって利益をむさぼる政治屋とがどうかかわっているのか、「国際関係――労働者」に括られている両者の関係性は、蟹漁をめぐる「ロシア」との国家的な事業競走やそこに登場してくる「門番」「見張番」「用心棒」の働きが、帝国海軍の駆逐艦とどう位置づいてくるのか、多喜二はこれらを描くのに「最もいい舞台」の「蟹工船」工場に働く漁夫や雑夫らを登場させて、この四者の関係性の全体像を鮮明に描出するのである。

『蟹工船』をドラマにした「北緯五十度以北」（高田保の『宣伝』を脚色）の新築地劇団第三回帝国劇場公演が一九二九年七月二六日から三一日まで上演されているが、帝国劇場文芸部発行『帝劇』一九二九年七月号に、「七月一四日執筆　小樽」の記録のある「原作者の寸言」が掲載されている。これが一九八二年一一月三〇日、新日本出版社から発行の『小林多喜二全集』第五巻(24)

に初めて収載されている。そこの「寸言」で、「……北氷洋、カムサッカのことさ。たった一本の『糸』を手繰ってみようではないか」と多喜二は呼びかける。そして、次のように語るのである。

何が出てくる――帝国軍艦が出てくる――丸ビルが（丸ビルが？）出てくる――代議士さんが出てくる――いかめしい大臣が出てくる。（一二五頁）

こうして多喜二は「一本の『糸』」を手繰り寄せながら、漁夫や雑夫＝未組織の「労働者」がなぜ「蟹工船」に乗らざるを得なかったのか、監督「浅川」の苛酷な暴力的「虐使」の背後にいる「丸ビル」＝「財閥」とこれに寄生する政治屋とはどのようなつながりをもつ存在なのか、「労働者」が「国際関係」＝「ロシア」と向かい合いながら、「蟹工船」の操業が国家的な事業に仕上げられてゆく所以《ゆえん》はどのようなものであったのか、「門番」「見張番」「用心棒」化して機能する帝国海軍の「駆逐艦」とは何なのか等々、それらの関係性を多喜二はこの「蟹工船」という地上とは違った工場を舞台に、「一本の『糸』」に繋げて「全体的に」「透き通るような鮮明さで」（蔵原への「手紙」）描いているのである。

荻野富士夫[25]は二〇〇九年二月の『多喜二の時代から見えてくるもの――治安体制に抗して[26]』の中で、「軍隊内の……虐使」や、蔵原への「手紙」に記した「全体的に見られなければならない」とした四者の関係性を作品の中に「すべて書き込むことは拡散しすぎると判断したと思われる」と述べ、「それでも、早くも二八年から二九年段階で、おそらく山東出兵などを意識しつつ……『帝国主義戦争』にも反対しなければならない『ワケ』と、『帝国軍隊』の本質に肉迫しようとする視点を持っていたと推測できる」（頁六三行一二～一六）と語っている。

荻野は二〇一三年三月発行の『多喜二の文学、世界へ』（二〇一二小樽小林多喜二国際シンポジウム報告集）で、「多喜二の戦争観・軍隊観と北洋漁業――『蟹工船』から見えてくるもの――」を「付録」に載せている。そこでは「多喜二の戦争観・軍隊観を検討するとともに、『蟹工船』＝工船蟹漁業を含む北洋漁業をめぐる軍事的な状況と意味について素描する」（傍点は引用者）としている。「素描」とあるのは謙遜からではなく、荻野が「一〇年ころから小林多喜二の『蟹工船』を「歴史学」の観点から読み解きたいと模索」していたというから、これを結実させた二〇一六年二月の『北洋漁業と海軍――「沈黙ノ威圧」と「国益」をめぐって[27]』を予定していたので、その前書きとして「二〇年代の北洋漁業と海軍警備」にしぼって粗書きされた論考だったからである。

この一六年の論考は、丹念な史料収集の下にその膨大なデータを読み込み、入念な読み解きをすすめながら深く研究・洞察された研究書である。著者自身もいうように、ここでは一九三〇年代初めの中国侵略に始まる日本のナショナリズムにかかわった非常時の「国益」の危機感から、これを擁護・保護する「権益擁護」と「我が国民の生命線」なる用語が重ね使われ、繰り返され、声高《こわだか》に叫ばれた時代の動きをたどり、『蟹工船』の意図した多喜二の示す「帝国主義―財閥―国際関係―労働者」の関係性の中の北洋業業と海軍との結びつきに着目して、そこに象徴される警備＝軍事活動の「実態とその意味」を、「主に日露戦争後の……ロシアから獲得した漁業『権益』をテコに北洋漁業が拡大するなかで展開された、海軍による警備」活動から「考察」している。しかしそればかりか、この「権益擁護」の警備活動＝軍事行動が二一世紀の今日に至っても、相変わらず安保法制関連法＝「戦争法」を強行採決してすすめる「戦争する国づくり」の一連の動向の中で、在日米軍と一体で戦前と同様に海上自衛隊の権益防衛活動＝「シーレーン防衛」の活動に継承され、その「範囲の拡充を図りつつある」実際を解明し、これが「憲法第九条を否定する『集団的自衛権』の行使容認へと突き進んだ」ことに言及して、「『国益』擁護を目的に『沈黙ノ威圧』が威力を振るい続けていることに思い至るだろう」と、読者に同意を呼びかけている。そこには著者の危機感と同時に、心底からの秘めた憤りが滲み出ていて、そのはりつめた息遣《いきづか》いが伝わってくる文体で認《したた》められている告発・警告の書になっている。

この書の冒頭で「北洋漁業と海軍」に関連する「先行研究」を紹介しているが、著者自身が「卓見であ」ると認《みと》めている著作に岩切成郎の『漁業経済論』（一九六四年）がある。この研究は、その「先駆的な論究」で五〇年も前のそれでありながら、今回の研究の「見取り図」を「提示」されているもので、これまで「放置されたままとなっている独占資本漁業と『日本の軍事的侵略との密接な結合』……の検討課題」を引き継ぎ、「北洋漁業に限定」して考察した唯一の論究であり、重厚な書となっている。

ところで、先の二〇一三年三月の『シンポジウム報告集』所収の「素描」であるが、これは『蟹工船』

に込めた多喜二の意図にかかわって、「官憲と軍隊を『門番』『見張番』『用心棒』にして資本主義の『無慈悲な』侵入や原始的な『搾取』」ができるようにする一九二〇年代の海軍警備について論じた論考である。著者の荻野自身は「『蟹工船』＝工船蟹漁業を含む北洋漁業をめぐる軍事的な状況と意味について素描」したものと述べているが、その経緯については既述のとおりである。

筆者もこのことについてはすでに叙述してきている（活字にはなっていない）が、北洋の海を日本の駆逐艦が我がもの顔で振舞う「警備」の意味を、「北洋蟹漁の領海侵犯的操業」の護衛＝「警備」ばかりでなく、「領土拡大という帝国主義的進出、植民地的支配を策動することにあり」、「北洋の蟹工船漁業もその一環であって、それが日本帝国主義と一体であったこと」について述べている。そして、これを明らかにするべく、多喜二が『蟹工船』でその「『構図』を組み立てて執筆している」のだが、伏字でそれが「みごとに掻き消されてしまっていて、これを読み解く作業」をひどく難しくしていることについては、既に言及してきたところである。

荻野はこの多喜二の「構図の組み立て」を既述の「草稿ノート」を繙《ひもと》いて（二〇一一年二月二〇日から『ＤＶＤ版』で可）、原稿化されてゆく前後の推敲過程を確かめる作業をしながら、官憲と軍隊の「門番」「見張番」「用心棒」についての役割をどう描いたかをたどっている。そして、北洋の「我カムサッカの漁業は」と漁夫や雑夫に語る監督「浅川」の認識を引用し（岩波文庫版頁一九行一〇〜一二）、これは「国家的な権益という認識」であって、「多喜二の場合、それが日露戦争によって獲得したものという見方には至って」いなくて（頁三七〇行一〇〜一七）、例の四者関係の「全体的・構造的な把握には到達しておらず、戦争の本質暴露の決定的な証明の前にたたずんでいるといえよう」（前掲書の頁一八行一五〜一六）と指摘している。そして、これまでの「抽象的な『帝国主義戦争の経済的な根拠』の解明」から「『満州事変』の展開を『戦争の新たなる段階』と捉え、『日本帝国主義』固有の『特殊性』を強く刻印されてきたという認識に至ったことは、多喜二の戦争観の幅と奥行きが大きく広がったことを示している」とし、そのうえ「『戦争の新しい段階は又非搾取者大衆に対するヨリ更なる「抑圧」と「搾取」の強化となってあらわれている』（「八月一日に準備せよ！」『定本　全集』第一二巻所収　頁五三下段行一八〜頁五四上段行一二—引用者）という理解をともなっていることに、多喜二の卓越性を見て取ることができる。すなわち、「帝国主義戦争強行のための、又国内に於ける経済的、政治的危機の克服のための（即ちファシズム的支配強行のための）弾圧」に注目し、それを「『軍事的＝警察的反動支配』と全的に把握するのである」と論じている（この項は荻野の引用論考所収の「『蟹工船』から見えてくるもの—持続する『憤怒』を根源として」（頁五五〜八二）、『二〇一二年国際シンポジウム報告集「多喜二の文学、世界へ」』所収の論考「多喜二の戦争観・軍隊観と北洋漁業—「蟹工船」から見えてくるもの」の「四『満州事変』後における戦争観・軍隊観の変化」〈頁三七一〜三七四〉を参照）。

そして最後に、「『蟹工船』に導かれて、……ようやく北洋漁業と海軍艦船の警備という問題に気づくことができた。それは、日露戦争時からアジア太平洋戦争時まで、ほぼ平時における帝国海軍の「国益」確保・拡充を遂行した任務の一つであった。その全体の解明は今後の課題で……

この構図は、一九九〇年代以降の自衛隊の海外派遣、すなわちペルシャ湾・インド洋・イラク派遣、ソマリア沖海賊の対策部隊派遣などと相似形というべきであろう。直近で南スーダン派遣がある。石油の利権、そしてシーレーン防衛論議を想起すると、それらは多喜二のいう『軍隊自身を動かす、帝国主義の機構、帝国主義戦争の経済的な根拠』と密接に関連してくる」と述べ、「軍隊の役割」を「有事」ばかりでなく「平時」のそれにも目を向け、その追究をする意向を示して擱筆している。この結実した研究書が、二〇一六年二月発行の前掲書である。

このような仕事が可能になったのは、何といっても二〇一一年二月に発行された多喜二の『草稿ノート・直筆原稿』のＤＶＤ版(28)の存在である。筆者がこのＤＶＤ版を知ったのは、一八年五月になってからである。『蟹工船』に限らず、多喜二研究には不可欠の貴重なデータを収集したＤＶＤである。先刻も『蟹工船』の執筆完了の時期をめぐって、手塚の記録の確かめをこのＤＶＤ版の「草稿ノート」で実際に見る体験を伝えたが、その不可欠たる所以を、ちょっと紹介してみよう。

例えば『蟹工船』の冒頭である。「１９２８（Ｃ）」と記録のある「ＮＯＴＥ　ＢＯＯＫの『原稿帳』」には縦書きのペン字で、執筆上のメモが記《しる》されている。その後で、冒頭部が書き出されるのだが、初稿は

「おい、地獄さ行《え》くんだで！」

漁夫は指先で……

となっていたところへ、

「おい、地獄さ行《え》くんだで！」

二人はデッキの手すりに寄りかゝつて、（かたつむりが背のびをしたやうに延びて、）（海を抱え込んで）ゐる函館の街を見てゐた。——漁夫は指元まで吸ひつくした煙草を唾《つば》と一緒に捨てた。

と推敲されている。しかも括弧の部分は執筆しながら挿入していった箇所である。これが印刷にまわった直前の原稿（たまたま発見された）で、「かたつむり」が「蝸牛」に書き改められている。『草稿ノート・直筆原稿』がＤＶＤにデジタルデータとして収録・保存され、こうして直に完成原稿に至る推敲過程を見ることができるようになると、作品に形象化する多喜二のそのちからを、構想したり、それを形に仕上げたりするに至るその描写・表現にみる想像力の尽きることのないしなやかさに直接に触れることができよう。

これはほんの一部であるが、作品の全体に及んで一つひとつの描写・表現の実際にあたり、それらが一つの全体として作品に統合され、形象化される作業の過程の全体を俯瞰するようにして考察を試みながら作品研究ができる機会の得られることを希《ねが》い、これに挑戦してみたい思いに駆られてならない——そういう思いが滲んでくるのである。そうなれば、これが削除されたり、伏字にされたり、発売禁止にされたりすることの作者や発行者の痛み、苦しみ、無念さ、悲しみがどれほどのものであったかを疑似体験できよう。そして、出版物の検閲がどれほどに人権の土台である言論・出版などにおける表現の自由、思想・良心の自由を脅かし、これを抑圧し、踏みにじり、抹殺するものであるか、その畏怖《おそれ》を知る機会となるにちがいない。そう考えると、これは決して許してはならない生命を賭した厳かなたたかいであることを心に深く刻んでゆきたいと思うのである。

（5）資本家の利益追求への偏向した検閲の眼差し

この項でもう一つ挙げておきたいのは、飽くなき利潤の追求をその本質にしているこの北洋蟹漁業の資本家（財閥）たちの、剥き出しな利己主義に徹したそれへの検閲官たちの対応についてである。

それは時化《しけ》の深夜、同じ仲間ともいうべき「本船と並んで進んでいた」蟹工船、秩父丸《ちちぶまる》からの救助を求めるＳ・Ｏ・Ｓ無電が送信されてきたときのことである。岩波文庫版でみると、頁二九〜三四にまでおよんで描かれている場面である。

船長が船乗りの約束事（航海法の規定）にしたがって救助に向かう進路をとろうとして舵《だ》機室

に上ろうとするや、監督の「浅川」が船長の右肩をつかんで「余計な寄道せって、誰が命令したんだ」と問い迫り、「一体これア誰の船だんだ。……ものをいえるのア（金を払ってこの船を傭船《チアタア》している）会社代表の須田さんとこの俺だ」とその立場を誇示し、救助なんぞにかかわっていると「一週間もフイにな」り、会社にとっては大きな損失になるからと、人命と会社の利益を天秤に掛けて中止を命じているのである。会社に連なる監督のこの思想はいまのこの「VI」の初めにも示されていて、荒れる海の波浪と強風と寒さに翻弄《ほんろう》されながら「波にもぎ取られないように」川崎船を本船に縛りつける作業に「自分らの命を……賭け」る船員や漁夫に向かって、「対照表」の同上版「頁二四行二～三」の台詞が吐かれるように投げつけられている。それは次に続く秩父丸遭難の伏線にもなっていて、本社の思想を披歴する場面をひとつに繋《つな》げているのである。

　したがって、救助しない方が秩父丸の会社にとっても「勿体ないほどの保険がつけてあ」り、どうせ「ボロ船だ、沈んだらかえって得をするんだ」から、相手の利得を損ねるような「人情味なんか……持ち出して」手出しなどするのは無用だと、大声で怒鳴らせているのである。まして「国と国との大相撲」をとるのには、「人情味なんか」とは無縁な、非情な計算と構えが要求される、というわけである。

　この間「青白い火花《スパアクル》を出して、しきりになっていた」無電室の受信機の音が「ピタリ……とま」り、秩父丸の沈没が無線係から報《し》らされるのである。

　乗組員四二五人。最後なり。救助される見込みなし――「頭から受信機を外しながら」告げる無線係の「低い声」を、その場に集まって「その経過」に固唾《かたず》を飲んで見守る「皆」はどう聞いたのであろう？　秩父丸と似たような「ボロ船」の博光丸に働く自分たちの行く末をこれに重ねて、彼らは「本当に沈没したかな」と案じつつも、その現状を否定できず、重たい気持ちに沈んで、唇をかみしめていたことであろう。

多喜二は監督の浅川に実権を奪われていた船長が、何もできなかった無念さと不甲斐なさ、そして、何よりも仲間を救助できなかった船乗りとしての自責の念に深くとらわれ、それは「見ていられな」いほどの情けない姿にうち萎《しお》れる様子を描写している。そして、そうしながら後半では無線係の「話にひきつけられていた」一人の「学生上り」の心中にひろがる思惟に託して、「丸ビルにいる重役」の「ボロ船」を利用した「『日本帝国のため』と結びつけて……嘘のような金がゴッソリ……懐に入ってくる」たくらみを暴くようにして、丁寧に描き出している。しかも、この重役の「考えている……カッキリ一分も違わない同じ時に」遭遇している、「秩父丸の労働者が、何千哩《マイル》も離れた北の海で、割れた硝子屑のように鋭い波と風に向かって死の戦いを戦っている」すさまじい死闘の様相を、当の学生上りに思い描かせながら、その思惟をめぐらせているのである。

検閲の眼は、ここでも資本家の利潤追求が「日本帝国」の政府と結びついて仕組まれていることが表現されているところとなると、これを探し当てて伏字にし、覆い隠してしまっているのである。

また、この利潤追求の「死物狂いで血路を求め出してくる」人命なども無視した、残虐なやり口が描かれていると、それも「×」で隠し、不分明にしてしまうのである。

（6）国名の伏字処理にみられる傲慢な国際感覚

もう一つ、これは国際関係にかかわってくることであるが、国名の処理の問題である。

作品に表現されている国としての利害が結びついて描かれる日、露はいうまでもないが、「対照表」の岩波文庫版にみえる「頁六五行九〜一〇」（伏字76、77）の「朝鮮」「日本」と、「頁九四行一二〜一三」（伏字120）に出てくる「満州」の箇所についてである。

前者は、「『国道開たく《ママ》』『鉄道敷設』の土工部屋で」の暴力的管理、その「『虐使』」、虐待、制裁、虐殺等の実情が語られる場面に出てくる「朝鮮人」の例で、「親方・棒頭《ぼうがしら》からも、同じ仲間の土方（日本人の）からも」、殊更《ことさら》にひどい「『踏んづける』ような待遇をうけていた」ことが明かされている。そして、この場面の虐待する「日本人」とその対象になった「朝鮮人」の国名を伏せて、明さないのである。

後者の場合は、植民地支配の対象に挙げている「カムサッカや北樺太など」をやがては「日本のものにするそう」で、「日本のアレは（「日本のものにするのは」で、つまり「日本の侵略＝植民地支配の対象は」の意——引用者）支那や満州ばかりでなしに、こっちの方面も大切だ」とある給仕の説明のなかで指摘させている「満州」を、「支那」はそのまま残して覆い隠していることである。

これらは当時の政治的、経済的、軍事的政策の状況が反映されていて、前者のそれは、一二三年九月一日の関東大震災による混乱のさなかで起きた数多くの朝鮮人（六六〇〇余人）や中国人（数百人）の虐殺が、国内の社会運動の高揚を虞《おそ》れ、彼らへの偏見や差別意識を利用してスケープ・ゴートにした殺害でありながら、朝鮮を植民地にしていた日本政府はこれを国内問題として封じ込めたため、「国がないために抗議一つできな」（愼昌範《シンチャンボム》〈大震災のときの奇跡的な生存者〉『ドキュメント関東大震災』より）かったという証言にもあるような経緯で終息させているのである。

しかし、この事件を知った世界の世論は、各国の外交官が日本に強い抗議をして批判を広げ、中国人の場合は国際問題にまでなっていったのである。それだけに、日本人の朝鮮人に対する差別、蔑視、虐待等の言動には、政府も神経を使っていたということであろう。加害者の「日本人」とこの被害者の「朝鮮人」を伏字にして国籍不明にしたのも、この所為なのである。

後者は、その背景に一四年以来、ドイツに宣戦布告して手中にした山東の権益を中国（小説では「支那」と呼称）に認めさせ、併せて「南満州及東部内蒙古《うちもうこ》に関する条約」を結ばせ（二一カ条の要求）、多くの利権獲得をしてゆく動きがあった。そして二七年六月、東方会議で「対支政策綱領」を定め、資源の豊富な満州（中国東北地方）が「日本の生命線（国家が成り立つうえで確保が不可欠な地域——引用者）」とみなし、中国本土から分離するという、かなり乱暴な方針を決定したりしているのである。三一年の満州事変はこうした策謀の下に起こされてゆくのであった。しかし、こうした政治上の動向が進行しているときの作品の叙述であることから、文中の国名「満州」の語句にはとりわけ注目して伏字にしたのであろう。

それにしても、「支那」や「行く行くは……日本のものにする」予定の「カムサッカや樺太など」を少しも気に留めないでそのままにしている(29)のは、あまりにも高《たか》を括《くく》っていはしまいかと、内務省のこの傲慢さにはあきれるばかりである。むしろ、腹立たしささえ覚えてきて、何ともやりきれない思いである（なぜか？　言わずもがなであり、前段の叙述に説明し尽くされていると思うのだが……その向き合う構え方には、アジア・太平洋地帯に広がる諸国を絶対主義的天皇制権力を背負ってその帝国主義的収奪と植民地化にすすむ軍事、経済等の政治的な思惑の絡んだ国際的な関係性の一環としての動きをひとつの全体としてみるとき、かれらの行為が「高を括った傲慢さ」を示した振る舞いにおのずとみえてくるからである。『蟹工船』はその急激にすすむ日本の資本主義化、帝国主義化にどう向きあって生きるかを描いた作品なのだから）。

（7）労働現場の暴力的管理をめぐる表現箇所をどう検閲処理しているか

最後になるが、ここでみておきたいのは、これも「対照表」を一見してわかるように、暴力的管理下の「虐使」や虐待、制裁、虐殺等に関係する用語や文言と、そのような待遇に抵抗する労働者たちにかかわる言動を表現した語句の多いことである。ちなみに確かめてみると、八七箇所（四一・六％）、三七二文字（三六・二％）に及んでいる。

この蟹工船の事業が、先の井本の論文にみたように、一二〇年代前半の北洋帝国主義とソビエト政権とが対峙するはりつめたただ中で誕生していることは、北洋の領海線上の「航海法」も「工場法の適用もうけていない」（前掲書頁三三）無法空間における海霧と流氷に閉ざされた荒海に苛《さい》まれて営まれる工船労働が、そこに働く漁夫や雑夫たちの生命さえ保証しない暴力的管理の下で、強制労働や「虐使」の超長時間労働を常態化させ、虐待や制裁による虐殺などが当たり前のようにおこなわれる、資本主義一般のそれよりも苛酷、無惨な搾取の世界を形成させる事態を露《あらわ》にしてゆくのである。「対照表」の伏字を復元した下段の字面をみてゆくだけでも、その労働現場の凄まじさが眼前に浮かんでこよう。

しかも、ここには蟹工船のそればかりでなく、先刻の「国道開たく《ママ》」や「鉄道敷設」のほかにも語られる北海道の「鉱山《やま》」に働く坑夫たちの「鼻紙より無雑作に」「入り代り、立ち代り雑作無く使い捨て」られ、「労働者の肉片が、坑道の壁を幾重にも幾重にも丈夫にして行」くような「『ゾッ』することが行われ」、「拇指や小指がバラバラに、ねばって交ってくる……その石炭が巨大な機械を、資本家の『利潤』のために動かし」ている現実の姿が描き出されている。他方、またここには、「移民百姓」の「稀《まれ》に餓死から逃れ……ようやくこれで普通の畑になったと思える頃、……ちアんと、『外《ほか》の人』のものになるようになってい」て、「終《しま》いには……『小作人』にされてしま」う顛末《てんまつ》、しかもその背後で、「嘘のような金を貸して置けば、……荒地は、肥えた黒猫の毛並のように豊饒《ほうじょう》な土地になって、間違いなく、自分のものになって」くることを企んでいる「金利貸、銀行、華族、大金持」らの「資本家」のあくどい非情な実相などが、リアルに写し出されているのである。

（8）作者の創作「意図」と検閲作業とのせめぎ合い

今もみてきたように、多喜二はこの「殖民地、未開地に於ける搾取の典型」をそれぞれの職種の労働者に語らせている。そうして、これらの実相から、蟹工船に収束されてくる植民地的な搾取が労働だけでなく、川崎船の蟹漁や船底の缶詰工場で身体ごと、生命までをも搾《しぼ》り抜いてゆくものであることを、その描写をとおして明らかにしてゆくのである。

思い出してほしいのだが、あの蔵原宛の手紙にもあるように、「資本主義は未開地、殖民地にどんな『無慈悲な』形態をとって侵入し、原始的な『搾取』を続け、官憲と軍隊を『門番』『見張番』『用心棒』にしながら、飽くことのない虐使をし、そして、如何に、急激に資本主義化するか」を、蟹工船に象徴される世界にみていっているのである。

ここを伏字にして隠しても隠し切れるものではないが、そのほとんどが強制労働による災害、虐使、暴力的制裁、虐殺等に関係した用語に限られていて、場面を語る説明で伏字にされているのは、「国道開たく《ママ》」「鉄道敷設」の土工部屋におけるそれ（『対照表』の岩波文庫版「頁六四行三〜一四」〈伏字68〜75〉）だけである。

この読むに耐えないほどの凄惨《せいさん》な場面を語り口で説明するナレーションは、蟹工船ばかりでなく、これが資本家の飽くことのない利潤追求の植民地的搾取の実態であり、そこでは単なる労働の搾取に限らない、こうした身体ごと、生命までをも丸ごと収奪するのを常とするものであることをよく語り示してくれているだけに、何としても隠し切りたい箇所なのである。

二頁一三行（五四六文字）のところに九カ所五九文字を伏字にしているが、そこを伏字のままで読んでも、残された叙述から、これほどに凄惨で無惨な場面ではなくても、ほぼ類似するような「虐使」、暴力的制裁、虐殺の「残虐」（「対照表」の下段「頁七七行一三」にあるように、この文字は伏字扱いになっている。そこは「自分達の毎日の残虐な苦しさが」とあるだけなのに、これさえも伏せて、工船の労働の実相を分らなくさせようとしているのであるが、それも読者には予測がつく伏字である）な行為が読めてはくるのである。これは、多喜二の表現のちからといっていいであろう。蟹工船の場面にも暴力的管理の苛酷さが描写されているのであるが、そこでの伏字のきわめて少ないのも、あるいは多喜二のこのちからによるものであるのだろうか――。

しかし、多喜二はその残虐無惨な工船労働の実相を描くことに拘泥《こうでい》し、これに終始したりすることはないのである。その工船労働の実態がそうであるからこそ、「かえってそれ（未組織な労働者―引用者）を（自然発生的にも）組織させるという」漁夫や雑夫たちによるあらたな「労働者の結合」を、多喜二は作品の中で共に生きながら、辛抱強くみつめて描いてゆくのである。

「炭山《やま》と変わらないで。死ぬ思いばしないと、生《え》きられない」（同上書頁三九行一五）ような、そんな繰り返される虐使と暴力的な制裁の労働のなかで、「お前たちをどだい人間だなんて思っていない」（同上頁四一行一五）監督の浅川から、雑夫が「ウインチの腕……にすっかり身体を縛られて、吊るし上げられ」たり〈同上頁七三行一～二〉、漁夫たちが「何日も何日も続く過労のために、だんだん朝起きされなくなっ」ていると、「石油の空缶《あきかん》を耳もとでたたいて（中略）『戦争と同じなんだ。死ぬ覚悟で働け！』」とどやされ、「布団《ふとん》を剥《は》ぎとられて、甲板へ押し出された」り（同上頁七四）、前日、過労で倒れた学生が船底の工場にある旋盤の鉄柱に、「此者ハ不忠ナル偽病者ニツキ、麻縄ヲ解クコトヲ禁ズ」のボール紙を胸に吊るされて縛りつけられていたり（同上頁七五～七六）、「蟹漁が忙しくなると、ヤケに当たって」きて、「前歯を折られて、一晩中『血の唾』をはいたり、過労で作業中に卒倒したり、眼から血を出したり、平手で滅茶苦茶に叩かれて、耳が聞こえなくなったり」（同上頁七六）させられている等々と、確かな眼差しで描き切っている。

そして、「糞壺」へ降りてきた監督は蟹漁の限られた操業の「仕事の性質」を語り、だから「一日の働きが十時間だから十三時間だからって、それでピッタリやめられたら、飛んでもないことになるんだ。……露助はな、魚が何んぼ眼の前で群化《くき》てきても、時間が来れば一分も違わずに、仕事をブン投げてしまうんだ。んだから──んな心掛けだから露西亜の国があゝなったんだ、日本男児の断じて真似てならないことだ！」などとお説教をしたりしている。

中には「何にいってるんだ、ペテン野郎！」と「思って聞いていないものも」いるが、「大部分は監督にそういわれ」て、「日本人はやはり偉いんだ、という気にさ」せられ、「自分たちの毎日の残虐な苦しさが、何か『英雄的』なものに見え、それがせめても皆を慰めさせ」るのであった。このとき「後尾に日本の旗」をはためかせ、水平線を横切って南下する「駆逐艦」を見て、「漁夫らは興奮から、眼に涙を一杯ためて、帽子をつかんで振」り、「あれだけだ。俺たちの味方は、と思った」りするのである（同上頁七七〜七八）。

少し長い引用になったが、これほどの箇所に伏字の「×」は、見てのとおり三カ所の九文字だけなのである。これを確かめる引用でもあったのであるが、先刻も言及したように、これらの表現には検閲の厳しく執拗な眼差しにつけ入る隙《すき》を与えず、伏字の処理を寄せつけない、実にしなやかで強《したた》かな、力のこもった筆遣いになっていることが分かるのではないだろうか。

ここに登場する多くの労働者たちは、何も知らされず、「労働組合などに関心のない、いいなりになる」（同上頁一一〇）ことが見込まれてきた「てんでんばらばらのものら」（同上頁七〜八）ばかりで、露助にくらべて「日本人はやはり偉いんだ」と思い込まされ、「今まで『屈従』しか知らなかった」（同上頁一〇六）のであるが、脚気の漁夫の山田君が亡くなり、水葬にして見送った頃から、最初は「おっかなびっくり、おっかなびっくり」始めていた「サボ」の「足並みが揃って」来るようになるのである（同上頁一〇四）。

こうして、蟹工船の「残虐」な「『仕事』は……それらの労働者を団結——組織させようとしていい」（同上頁一一〇）くのであった。

しかし、この伏線はすでに用意されていたのである。三日前からカムチャッカ特有の「突風」が吹きすさぶ「大暴風雨」で行方不明になっていた川崎船が、突然「元気よく帰って」くるところからそれは始まるのであった。

岩波文庫版で四八頁から展開される場面である。「半分水船になったまま、カムサッカの岸に打ち上げられていた」川崎船の皆が「近所のロシア人に救われ」、そこに二日間いて帰る日、四、五人のロシア人から、働く人とそうでない人との違いをジェスチュアを交えて示され、「ロシアの国」は働く人ばかりの国で、労働を搾取するようなずるい人はいなく、「日本の国、駄目」で、働く人が貧しく（「顔をしかめて、病人のような恰好」をして見せる）、働かない人が金を貯めて威張っている（「腹のふくれる真似」をして、漁夫たちの「首を締める格好をする。」）ことを語るのを聞いて、「これが『恐ろしい』『赤化』というもので」、「それが『赤化』なら、馬鹿に『当り前』のことであるような気が」して、「グイ、グイと引きつけられて行」く。しまいには多くの働く人が団結して、「日本、働く人、やる。（立ち上がって、刃向《はむか》う恰好。）うれしい。ロシア、みんな嬉しい」と励まされ、「貴方がたの船」に帰ったら、「大丈夫、勝つ」からその船の威張って「働かない人」と戦うことをすすめられる。船頭は「これが『赤化』だと思い……この手で、ロシアが日本をマンマと騙すんだ」と懐疑的であるが、それを聞き「分る！」と言って「興奮していた若い漁夫」は、船頭に「もう止せよ」と「肩を突ッつ」かれながらも、この体験を「糞壺」のみんなに「一生懸命しゃべ」るのである。

この件《くだり》で伏字にされているのは、「対照表」にみるとおり一〇カ所三〇文字であるが、革命後のロシアと日本の対比を表わす表現や、「赤化」の文字に徹底して拘泥し、これをすべて不分明にしてしまっているのである。

工船の中で始まった漁夫や雑夫たちのサボタージュは、このロシア帰りの漁夫の話が下敷きにあったであろうが、「その足並みが揃ってきた」頃に、「一週間ほど前の大嵐で、……毀《こわ》してしまった」発動機船のスクリュの修繕に雑夫長が下船した折り、「四、五人の漁夫と一緒に陸へ行っ」て「帰ってきたとき、若い漁夫が……たくさん持ってきた」「日本文字の『赤化宣伝』のパンフレットやビラ」が持ち込まれてきたことも、大きく影響を与えていたのである。

そこに書かれてある賃金のことや労働時間のこと、会社の金儲けやストライキの記事を読んで、「こんな恐ろしいことなんか『日本人』に出来るか、というものがいた」り、「これが本当だと思うんだが」と学生に確かめにいったりして、「こうでもしなかったら、浅川の性ッ骨直るかな」「彼奴《あいつ》らからはモットひどいめに合わされてるから、これで当り前だべよ！」といい交わしながら、「その『赤化運動』に好奇心を持ち出している」場面（同上頁一〇八～一〇九）でも、伏字は抜け目なく処置されているのである。

こうしたことがあってからは、「ロシアの領海内に入って漁をするよう」なときに「予め陸に見当をつけて……漂流」を装い……「『赤化』のことを聞いてくるもの」も出てきたりもしている。「赤化」はここでもその文字だけが「×」なのである。しかし、この伏字は前段の「赤化運動」が残されているので、容易に読み抜くことができる。どうしてここだけをそのままにしているのか――こういうミスもあったのであろう。

サボタージュの効果は拡がり、監督の浅川をして、仕事を怠けたものには「大焼きを入れる」「カムサッカ体操をさせる」「賃金棒引き」「警察に引き渡す」「監督に……少しの反抗を示すときは銃殺」などの「大きなビラ」を「工場の降り口に貼ら」せるところまで追い込んでゆく（同上頁一一一）。

工船の中で「殺された」り、「半殺しにされるような生活をさせられ」（同上頁一〇八）たりする労働の暴力的管理が叙述されている箇所は、この「銃殺」も含めてすべて伏字にして、「残虐極まる労働の絞り抜」（同上頁一〇六）いてやまない資本家の収奪の実相を覆い隠しているのも、その特徴である。このことは先に指摘したところでもあるが、残してきた箇所も「対照表」の下段に復元している語句（これまで言及してきた箇所を除くと、「頁一〇〇行五～頁一〇八行九」〈伏字135～143〉がそれである）をみれば、それは明らかであろう。

監督浅川のこの脅しの貼り紙はかえって漁夫や雑夫たちの抵抗に油を注ぐ羽目となり、その反抗的な気持ちを高揚させてゆくのである。「俺たちが働かなかったら、一匹の蟹だって金持の懐に入って行くか。……金持はこの船一艘で純手取り四、五十万円ッて金をせしめるんだ——さあ、んだら、その金の出所だ。……皆んな俺たちの力さ。（中略）

水夫と火夫がいなかったら、船は動かないんだ。——労働者が働かねば、ビタ一文だって金持の懐にゃ入らないんだ。……船を買ったり、道具を用意したり、支度をする金も、やっぱり他の労働者が血をしぼって、儲けさせてやった——俺たちからしぼり取って行きやがった金なんだ。」

浅川が「糞壺」に入ってくる前のこの芝浦の漁夫の語りには、どこにも伏字がなく無傷である。検閲の眼には論理に注目するのではなく、表現されている言辞に拘って、彼らにとって不適切な文字や語句、文言を拾っているのかもしれない――もう少し見てみよう。

このようにして四〇〇人からの漁夫、雑夫、船頭、給仕などが横並びで一つに結ばれ、あらたな「労働者の結合」が紡がれてゆくのである。

漁夫、雑夫たちのストライキを背景に「要求条項」と「誓約書」が用意され、「学生二人、吃り、威張んな、芝浦、火夫三名、水夫三名が」それを持って、「船長室に出掛ける……その時には表で示威行進をする」――これが実行されてゆくが、船長室での監督浅川とのぶつかり合いが外の仲間に伝わるや、「対照表」の下段「頁二一八行六〜七」（伏字155〜157）の叫び声が外から発せられるのである。この「叫び声」一六文字がすべて伏字で処理されていっている。

それは労働者たちのこれまでの恨み辛みを込めた攻撃的な反抗のことばであり、確かに乱暴な、これは誰に対しても及ぼしてはならない犯罪的行為を表す文言ではある。しかし、そういう倫理的な判断でここを読んだのでは、この場の漁夫や雑夫たちの思いが、真実性をもって伝わってこないのではあるまいか。それは野性的ではあるが、この場に集まってきている労働者のみずからの気持ちを奮い立たせる雄叫《おたけ》びの言挙げであり、アジテーションなのであった。そうであるからといって、このような言辞が許されていいものか、ということになると、情の世界からみれば、そのときの感情の正直で刹那的なほとばしりであり、それだけに荒々しい剥き出しな情の粗暴な突出を抑え切れない、情動的な叫びにはなっているのである。しかし、実際にこうは叫んでも、それをことばどおりに行動化してゆくものかどうか——となると、これはまた別の問題であろうと思うのである。そういうこの一六文字をここから跡形もなく摘んでしまっては、この場の漁夫や雑夫たちの正直な感情と思いの声を聴き取り、その裏側に込められた彼らの真実の叫び、希いや要求を読み解いてゆくことが叶わなくなってしまうのである。

　読む側のこういう読みひらきの営みを遮断することまで予測して伏字にしていたかどうかは疑問であるが、そこには世間的な倫理だけが先行して、なり振りかまわず不穏当な「大衆暴動を扇動する」（検閲基準の一般的標準五）言辞として即断する処理の仕方があることを指摘することができよう。伏字はそうやって、読者のゆたかな読みのふくらみを一方的に妨害するのである。

　この時まで「俺たち国民の味方」とばかり信じていた「我帝国の軍艦」が駆けつけ、現れた「駆逐艦」を見て思わず「声を揃えていきなり、『帝国軍艦万歳』を叫ぶ」のも束の間、「十五、六人の水兵が……着剣をして、……帽子の顎紐をかけ」「タラップを上って」くる「三艘汽艇」からも「海賊船にでも躍り込むように」、次々と「銃の先きに、着剣した、顎紐をかけた水兵」たちが「ドカドカッと上ってくると、漁夫や水、火夫を取り囲んでしま」う。そして、「代表の九人が銃剣を擬されたまま、駆逐艦に護送されてしま」うのである。

　これまでの駆逐艦は領海侵犯の不法操業をする蟹漁の「警備」をする「門番」「見張番」であり、何よりも「涙が出やがる」ほどありがたい「俺たち国民の味方」であったはずなのに、「一枚の新聞紙が燃えてしまうのを見ているより、他愛な」く、団体交渉中の代表九人に「銃剣を擬」して「駆逐艦に護送」していってしまい、ストライキを鎮圧してしまうのを目の当たりにして、労働者たちはそれが「用心棒」であり、あの「警備」も実は「赤化」思想の流入を防ぐための「見張番」でもあったことに、身をもって気づいてゆくのである。「帝国軍艦だなんて、大きな事をいったって大金持ちの手先でねいか」と漁夫たちはみずからに確認するように語り、「今度という今度こそ、『誰が敵』であるか、そしてそれらが（全く意外にも！）どういう風に、お互いが繋がり合っているか、ということ」を理解してゆくのである。「俺たちは、俺たちしか、味方が無《ね》えんだな。始めてわかった」。

この岩波文庫版頁一二八から始まる蟹工船に働く漁夫や雑夫たち「四百人」の共同の戦いを描いている場面には、『対照表』にみるとおりわずか四八行の間に二八箇所（伏字１５５〜１８３）、一六一文字にもおよぶ伏字がひしめいている。しかも徹底して伏字で隠しているのは、「我帝国の軍艦」の「水兵」に至るまでの武装した労働者の正当な要求行動を鎮圧する行動である。それも顎に「かけている」「帽子の顎紐」にまで、これが武装した出で立ちであるからなのか、伏字にしているのである。これでは、多喜二が「全体的に見られなければならない」として描いた「帝国軍隊―財閥（―国際関係）―労働者」（括弧は引用者）の関係性が見え難くされていて、読み取りが困難になっている。

また、「代表の九人」を「罵倒《ばとう》」する、おそらくはその場にいて「ざま、見やがれ！」とののしる浅川監督や、「『有無』をいわせ」ずに護送する水兵たちの罵声だと思うのであるが、「『不届者』『不忠者』『露助の真似する売国奴』」のように、「不届者」は隠す必要などないからであろうか、「ストライキ」はロシアからの輸入であり、その「露助の真似」とみているから、これは「売国奴」のする行為であり、だからそこを「構いなし」にしたのであろう。「不忠者」の「忠」は「忠君愛国」の用語にあるとおり、「天皇」への「尽忠」の行為であり、「皇室の尊厳を冒瀆する」「不敬」にかかわる字句なので、これを「×」にすることで、意味不明にしてしまおうとしたのであろう。

　しかし、狙いはどうであろうか。改造文庫版でいまそこを読んでみると、伏せた文字は前後の文脈をたどれば、読めてくるのである。当時の読者にはどうであったろうか。蟹工船の労働者たちにはこれが判読できても、大方の労働者、市民にはそうした社会科学の出版物が制限されており、報道も規制されていたから、これらの情報の得難さから考えると、読み解く難しさがあったかもしれない。そうであれば、伏字で不明にして読者に気づかれないようにしていた効能は、それなりに効《き》いていたであったろうか——。

　先程、この項の初めの辺りで、資本家に搾取、収奪される漁夫や水夫と火夫の労働の重みについて語る芝浦の漁夫の台詞が、まるで無傷のままであることを指摘したが、何故か以下の場合でも同様のことがみられるのである。この団体交渉の場面でも「要求条項」や「誓約書」をつくり上げてゆく取り組みのなかで、「第一に」も「第二に」も「力を合わせる……団結の力」が必要で、「仲間を裏切らないこと……たった一人の寝がえりは、三百人の命を殺すという事」が吃りの漁夫から語られ、ストライキが準備されてゆく過程の道行きも、その前後の叙述には伏字がないのである。

もう少し先をみてゆくことにしよう。

終章の最後の件《くだり》である。「ストライキが惨めに敗れてから、仕事は……限度というものの一番極端を越え」る「復仇的な過酷さ」で監督から迫られ、漁夫や雑夫たちには「もう堪え難いところまで」きていた。「このまま仕事していたんじゃ、俺たち本当に殺されるよ。犠牲者を出さないように全部で、一緒にサボることだ」と、前回の失敗に学びながら、これからどうするかが討論されてゆく。「九人という人間を、表に出すんでな」くて、「全部が一緒になったという風にやらなければならなかったのだ。そしたら監督だって、駆逐艦に無電は打てなかったろう。まさか、俺たち全部を引き渡してしまうなんて事、出来ないからな。仕事が、出来なくなるもの。」「それでもし駆逐艦を呼んだら、皆で――この時こそ力を合わせて、一人も残らず引き渡されよう！その方がかえって助かるんだ」と、次の「もう一回」のたたかいの作戦が練られてゆく。そして、「不思議に誰だって、ビクビクしていないしな」と、このたたかいをとおして仲間内の信頼と、つながり合うことから胸奥にふくらんできている自信の強さとを確信しながら、監督の周章ぶりも思い描くほどの余裕さえみせて、再び立ち上がってゆくのである。

この後のことは、「附記」が語り明かしてる。そして、博光丸が「函館へ帰港したとき、『サボ』をやったりストライキをやった船は」他にもあって、「二、三の船から『赤化宣伝』のパンフレットが出た」ということや、『組織』『闘争』――この初めて知った偉大な経験を担って、漁夫、年若い雑夫らが、警察《××》の門から色々な労働の層へ、それぞれ入り込んで行った」ことなどが書き添えられているのであった。

　このように一五行の「附記」全体では、二カ所の六文字が伏字になっているだけなのである。しかも、「二度目の、完全な『サボ』はマンマと成功した……こと」や、その「不祥事を惹起させ、製品高に多大の影響を与えた」ことから、「会社があの忠実な犬を『無慈悲』に……首を切ってしま」い、この馘首《かくしゅ》された会社に「忠実」であった監督浅川が、「『俺ア今まで、畜生、だまされていた！』と……叫んだということ」などの説明には、全く伏字の手が入っていないのである。

　こうして「赤化宣伝」は伏字になっていても、次の「パンフレット」のことばからそれが何であるかが復元して読むことができたのである。また、伏字にされている「警察」も、監督が船底の「工場の降り口に貼り」出したあの「ビラ」に「函館へ帰ったら、警察に引き渡す」とあったから、「××の門から」でてきたのは、この「警察に引き渡」された漁夫、雑夫であることが容易に読み解くことができ、その「門」が「警察の門」であるのは、すぐに分ってくる。

　こういう伏字の処理なのだが、すでにみてきたように、事業主や経営者、資本家の利潤追求のからくりは、それが描かれてはいても伏字の対象からは外されていて、労働の現場での暴力的管理での実際の場面になると、これは覆って読めないようにするのである。そして、これが「日本帝国」とその政府、軍隊等につながる関係の描写、説明になってくると、これらの関与をすべて覆い隠すようにしていることである。また、漁夫や雑夫など労働者の側のあらたな「結合」が織りなされてゆく道程は、この場面や経緯が描かれていても、「労働者の結合」にかかわる理論的な語りも含めて、そこに検閲する側にとって不適切な文字、語句等があれば伏字にする程度で、その大方はそのままのとおり残しているのである。ただ、この「結合」にかかわって、革命後のロシアの動向やその影響の広がりが憂慮される表現や描写については、「赤化」の文字の扱いに象徴されるように、すべて不分明にしていることが指摘できる。図画、写真等の場合は相応の処分が用意されていて、削除、発売頒布禁止等によって処理されてることは、既にみてきたとおりである。

（9）伏字の措置にみられる権力の思惑

以上が改造文庫版『蟹工船』にみる伏字の実際である。この考察の作業をとおしてそこにみえてきたのは、「安寧紊乱出版物の検閲標準」の（甲）一般的標準」のいちばん最初に挙げられている「皇室の尊厳を冒瀆する事項」が、最重要の要《かなめ》であるということである。大日本帝国憲法の国家体制、主権在天皇のその御身と家族の「尊厳」の護持は必須の絶対的課題であり、その「紊乱」はあってはならない事態であるから、「検閲標準」はこれを軸に（2）の「君主制」の「否認」、そして、（3）の「共産主義、無政府主義等の理論及至戦略、戦術」の「宣伝」や「運動実行」の「扇動」、「団体」の「支持」がその主軸を護り固める検閲対象に設置されているのである。したがって、この天皇、皇室とその体制の「安寧秩序を妨害する」事項は、「紊乱」として治安を維持する上からも「特殊標準を考慮することなく必ず禁止する」ことにしている、最優先の事項なのである。しかも、この取り締まりのため周到に「治安維持法」までも用意し、それでも不安であったからなのか、「綸言汗《りんげん》の如し」（天皇のことばは、噴き出た汗が二度と戻らないように、代わることなく絶対である）のことば通り勅命で「死刑」の罰則を追加するなど、この「安寧秩序」が何よりも保持されなくてはならない課題であった。それがまた、「風俗壊乱」によって「妨害」される虞《おそれ》のあることから、この『検閲標準』の「(甲)一般的標準」でも「猥褻」と「乱倫なる事項」を一、二番目に掲げるような措置をとっているのである。

その結果、既にみてきているように、この「風俗壊乱出版物の検閲標準」に該当する箇所は、その一単語に至るまで例外なく全て伏字で隠しとおしてしまっていることである。ここだけで伏字全体のうち、三七箇所（一七・七％）、二七九文字（二七・二％）であり、伏字の箇所に比して最も多い文字数になっている。

そして、この絶対不可侵の存在である天皇が統括する「帝国軍隊」の軍艦の叙述に関しては、多喜二がその「門番」「見張番」「用心棒」振りを描出した箇所を、「水兵」の、しかも顎にかけた「帽子の顎紐」に至るまで徹して、これが「安寧紊乱」検閲の「(甲)一般的標準」の(8)(10)にかかわる事項として伏字にしていることである。「官憲」のそれについても、「巡査」と「警察」の二ヶ所、四文字だけをそのまま隠して伏字にしているのである。

また、作品に登場する「駆逐艦」が政府の「国際関係」をめぐる動向の一翼を担って任務に当たる場面でも、革命後のロシアからの「赤化」の影響や、領土拡大の帝国主義的野望でもある植民地支配の策動が示される対象の国名を不明にしてしまうものの、関係する「日本」と「ロシア、満州、朝鮮」の他はそのままにして憚らない、傲慢さ剥き出しの内務官僚の思想が表明されていて興深い。そして、これはまた、当時の「大日本帝国」政府それ自身の国際関係に対する姿勢を示してもいるものなのである。

これに関する伏字の箇所は九八箇所（四六・九％）でいちばん多く、その字数も四〇三文字（三九・二％）にもなっていて、目につく数字である。

その「駆逐艦」に「警備」され操業する北洋蟹漁業の資本家たちの露《あら》わな利己主義的な利潤追求の対応を描いた箇所では、これが「大日本帝国」である政府と一体的に仕組まれている関係性が表現されているところは伏字にして隠し、それが人命などもかまわずに「残虐な」やり口で追求されることが語りで示されてくると、ここも「×」にしてしまうのである。それは工船労働ばかりではなく、「国道開たく」や「鉄道敷設」炭坑労働における類似の表現箇所も同様である。

このように資本家たちの利潤追求はその労働ばかりか、暴力的管理の下での「虐使」、虐待、制裁、虐殺等にみられる身体ごと、生命までも収奪する搾取なのであるが、そこも上の二つの場合を除けば、お構いなしなのである。

ここ（同上の⒀）の伏字は五九箇所（二八・二％）、三一一文字（三〇・三％）で、二番目に伏字箇所の多い「事項」になっているのである。

『安寧紊乱……の検閲標準』の眼目が「一般標準」の(1)にあることは、このことからも明らかであろう。その描写と説明に現人神の天皇(三七年の文部省編纂による『国体の本義』では、この存在を「皇祖皇宗がその神裔《じんえい》であらせられる天皇に現れまし、天皇は皇祖皇宗と御一体であらせられ、永久に臣民・国土の生成発展の本源にましまし、限りなく尊く畏《かしこ》き御方である」と規定しているが、その当時からこのように意識化されていた)とこの帝国国家にかかわりのある「事項」が表現されていれば、それは例外なく一字一句の洩れもなく覆い隠すことに執心しているのが、伏字にみる検閲の実相なのである。また、そうでなければ、資本家たちの利潤追求の内実が露《あらわ》に描かれてはいても、そこに天皇や帝国政府のかかわりに触れる文言がなければ、伏字の対象から外したりはしないであろう。

他方、これが「残酷極まる労働で搾り抜かれ」る搾取の現実を伝える表現には、「一般標準」の(13)、財界の撹乱と社会不安の「惹起する事項」を考慮してであろうか、これを伏字で隠し、読み手に読み解かれたりされないように処理してもいる検閲作業の実情が、これらの伏字の実際からみえてきたことでもあった。

(1) 内務省の出版物取締担当者の間で「内外出版物に現はれたる思想傾向の一般並に警察の概況を搭載して事務の参考に資するを目的と」(「凡例」)した内務省警保局編の内部に限ら

れた月刊誌。「凡例」には「毎月一回之を発行す」とあるが、後で示すように、時代の動きともかかわってか、これが崩れて行っている。

昭和三年一〇月一号〜一九年三月一四九号の復刻版は、これを二〜六ヵ月ごと（三四巻は一一八号〈一四年七月〉〜一二五号〈一五年二月〉などの例外もある）に合本して一巻、一〜三号（昭和三年一〇〜一二）龍渓書舎（八一・四・三〇）〜四〇巻、一四四〜一四九号（同一七年七〜一九年三月。八二年三月三〇日）、そして「二四巻、八八〜九〇号（同一一年一月〜三月）から不二出版」でまとめている。なお、二三巻（八一〜八四号）からは、どうしてか[秘]扱いから二七巻（九六〜九八号）まで、この間（昭和一〇年一〇月〜同一三年九月）に限って[厳秘]となっている。理由は不明。また、一一六号と一二九号は「原本が入手出来ず（八二年三月、不二出版）」欠号のまま配本。

ついでに言い添えておくと、最終の四〇巻の一四八〜一四九号は原本がそうだったのか、たまたま配本されてきた本がそうだったのかどうか、職員も事情が分からないようであったが、ほとんどその全頁に及んで印刷のかすれ、不鮮明、白紙状態などが随所にあって、まるで資料としては解読し、使うことができないほど乱丁の頁が多く、納本（一九八六年三月三一日）の経緯も知る職員もいないことから、担当職員とこの事態を確認し合ったところである。札幌市立中央図書館所蔵。

（2）この戦旗社の「配布網」について、「発行、編集、印刷人」の山田清三郎が、五四年一二月（五八歳のときの『プロレタリア文学風土記―文学運動の人と思い出―』）と、七四年一一月（七八歳になって出版した『わが生きがいの原点　獄中詩歌と独房日記』）に月刊雑誌『戦旗』の発売禁止対策の内情を具体的に証《あか》している。前者は「三の章（一九二八―一九三四年）」の「『戦旗』の発禁対策」（頁一三七～一四〇）、後者は「1　検挙から豊多摩へ」の「豊多摩から押送車のなかで」（頁一九～二二）にそれぞれ語っているが、後者の方に詳述されている。

（3）日本の経済「権益」を中国中央部の諸省に拡大することまで含んだ「要求」で、当面は「南満州及び東部内蒙古」の確保を主にしながら、将来的には中国全土の支配を視野に入れていることを露わに表明した中国への最初の公式要求。日本の侵略的野望の一覧表といってもいいものである。

（4）日本がドイツ・イタリアと同盟して欧米列強の支配を崩壊させ、これまでの植民地支配から「アジアを解放」して「八紘一宇《はっこういちう》（世界を天皇の下に一つの家とする世界）」の「大精神」の下にアジア諸民族が共に栄える「大東亜共栄圏」を実現させるというもの。

（5）この項は、主に第二版日本・中国・韓国＝共同編集『未来をひらく歴史　東アジア三国の近現代史』日中韓三国共通歴史教材委員会編著（高文研、〇六年七月）等を参照。

（6）千代田区立千代田図書館主催の「検閲官　戦前の出版検閲を担った人々の仕事と横顔」一七年一月二三日（月）～四月二二日（土）

（7）『北の文庫』第四七号（〇八年二月。七四年一一月創刊。北の文庫の会〈札幌〉）所収。北海道立図書館所蔵。

（8）「発売禁止」（正式には「発売頒布禁止」）と「発行禁止」の区別があり、前者は出版法第一九条、新聞紙法第二三条の決まりで内務大臣の命令なので行政処分、後者は新聞紙法第四三条の決まりで裁判所の決定による司法処分。「発禁」はその区別がつかないので、この用語は使わない。なお、「発売」は有償をもってモノを広く流通させること、「頒布」は有償、無償にかかわりなく（非売品でも出版物として）、広く流通させることを指す語句である。また、「発売頒布禁止」はある特定の号のそれであるから、その後の号は発行することができるが、「発行禁止」はそれ以降一切発行してはダメという厳しい処分で、いわば新聞・雑誌の死刑宣告である。詳しくは、浅岡邦雄「戦前期の出版検閲と法制度」（区立千代田図書館展示会「浮かび上がる検閲の実態」連続公演会③記録）を参照のこと。

（9）『近代文学館　作品解題—昭和期—』所収

（10）〈別表〉「小林多喜二著『蟹工船』各版の処分経過及び現存状況について」

（11）倉田喜弘『「はやり歌」の考古学——開国から戦後復興まで』（文春新書、二〇〇一年五月）に、「ストトン節」が二〇年代半ばに流行小唄として「籠の鳥」や「鈴蘭」とともに歌われ、小唄映画（当時の小唄は演歌師による小歌曲で、そういう歌を使用した映画）にもなるほどにヒットもし、大津の日本絹織では女工たちがこの流行小唄「ストトン節」を高唱してサボタージュに入った旨の紹介をしている（頁一六二）が、この小唄は関東大震災の翌年（二四年）に発表されている。暗い時代の空気を跳ね返すかのように民衆に支持され、大流行するが、その後に多くの替え唄が歌われてゆくようになる。

（12）日本史上における最初の出版統制令の文書なので、原文（今田洋三『江戸の禁書』〈吉川弘文館　〇七年八月〉からの転載）のまま紹介する。

条々《じょうじょう》

一、和本《わほん》之軍書之類、若板行仕事有之者《もしはんかうつかまつることこれあらば》、出所以下書付、奉行所へ指上可請下知事《げちをうくるべきこと》。

一、飛神《ひしん》・魔法・奇異・妖怪等之邪説、新義之秘事、門《もん》徒《と》又者山伏《やまぶし》・行人《こうじん》等に不限《かぎらず》、仏神に事を寄《よせ》、人民を妖惑《えうわく》するものの類、又ハ諸宗共に法難ニ可成申分《なりもうすべきぶん》、与力同心仕之族《つかまつるのやから》、代々御制禁之条新儀之沙汰ニあらざる段可存弁其旨事《そのむねをわきまへぞんずべきこと》。

（以下一条略――礫《つぶて》打《う》ちあい禁止――）

右条々違犯之族於有之者可為曲事者也《やからこれあるにおいてはくせごとたるべきものなり》。

明暦三年丁酉二月廿九日

佐渡印

下京

町中

（13）江戸ではすでに四七軒が前年に公認されていた。

（14）元禄時代（一六八八年〜一七〇三年）を中心に主に京阪地方でおこなわれた小説で、西鶴の『好色一代男』（一六八二年）に始まる。「浮世」とは現世と好色の二つの意味を含み、現世中心の享楽主義を主張するもので、町人を主人公として描き出したところに特色がある。他に『好色一代女』（八六年）『好色五人女』（同上）や、「町人物」の『日本永代蔵《にっぽんえいたいぐら》』（八八年）『世間胸算用《むなざんよう》』（九二年）、「武家物」、「説話物」などの人生の表裏をリアルに描写した作品が多い。

（15）上田秋成《あきなり》の短編物語集で、中国や日本の古典を材料にした怪異な作品九篇を載せている。雨月物語の他、『浅茅《あさじ》が宿』『蛇性《じゃせい》の淫《いん》』など、浮世草子に代わって読本が登場する道を拓いた。

（16）江戸中期の宝暦（一七五一年）から文政（一八二九年）にかけて主に江戸で刊行された遊里を題材とした写生的な読み物。山東京伝《さんとうきょうでん》の作品で一七八七年刊。「総籬」は吉原の大店のことで、吉原の「通《つう》」を穿《うが》ち、徹底した写実をとおして江戸時代の代表的な通人の遊びを描き、当時の読者から称賛を受け、愛読された近世末期の遊里物の傑作である。

（17）草双紙、洒落本、読本、滑稽本の作者で浮世絵師。一八歳頃から遊里に通い、その内情にもよく通じていて、洒落本作者として最高の地位に就いたが、寛政二（一七九〇）年の出版禁止の翌年、本屋に頼まれ、やむなく禁を犯して執筆した洒落本三冊のため、五〇日間の手鎖の刑に処せられている。

(18) 文政期(一八一八年~一八三〇年)以後、為永春水によって確立された江戸町人の恋愛情痴の世活を描いた読み物。中型(美濃版四分の一の大きさ)絵入読本とも言われた。寛政の出版禁止令以降、洒落本は転回を余儀なくされ、続き物の傾きを帯びて、一方では人情本、他方では滑稽本へと移っていった。

(19) 人情本の作者で、貸本屋を営んでいたが、実兄と合作で人情本の『明烏後正夢《あけがらすのちのまさゆめ》』(一八二一〈文政四〉年)を出してからもっぱら人情本の執筆にすすみ、為永春水と改号し、傑作『春色梅児誉美《しゅんしょくうめごよみ》』(一八三二〈天保三〉年)を出版、一躍人気作家になった。

(20) 滑稽本の作者。駿河府中の人で、一七九四(寛政六)年江戸に出て書店蔦屋の食客となり、黄表紙や洒落本などを書いていたが、一八〇二(享和二)年『浮世道中膝栗毛』で大評判となり、『東海道中膝栗毛』をはじめ各地の膝栗毛ものを二一年間も連続出版した。それだけ読者の要望が強かったからであろう。狂歌や書画にも巧みであったが、性格は気難し屋で、晩年酒毒により手足も不自由になり、暮らしもままならなかったという。洒落本、黄表紙に飽きた庶民に滑稽本の形式で膝栗毛を創業して提供した功績は大きい。

(21) 草双紙、滑稽本の作者。幼少の頃から本屋に奉公し後に自分で古本屋を開業したりしたが、後に売薬や化粧品の店を出し、成功して生計を安定させ、一九歳の頃黄表紙などを書いたりしているが、筋を複雑にして脚色の面白さを出すため合巻《ごうかん》の形式を創案している(自称)。しかし、彼が最も才気を示したのは滑稽本で、『浮世風呂』『浮世床』はその代表作である。

当時の庶民の社交場でもあった銭湯・床屋に出入りする老若男女の姿態や話し振りが事細かく描き出されているのが特徴である。それがまた人びとの人気を呼んだ。

（22）倉地克直『江戸文化をよむ』頁一五六～一五八（吉川弘文館、〇六年六月）

（23）以上は、今田洋三『江戸の本屋さん　近世文化史の側面』（日本放送出版協会、七七年一〇月）、『江戸の禁書』（吉川弘文館、〇七年八月）、倉地同上書等を参照。

（24）この全集は全七巻（新日本出版社、八二年七月二五日～八三年一月三〇日）

（25）小樽商科大学教授。一八年四月から名誉教授。著書に『特高警察体制史』（せきた書房、八四年）、『多喜二の時代から見えてくるもの――治安体制に抗して』（新日本出版社、〇九年）、『小林多喜二の手紙』（編著　岩波書店、〇九年）、『多喜二の文学、世界へ』（編著　小樽商科大学出版会、一三年）、『北洋漁業と海軍――「沈黙ノ威圧」と「国益」をめぐって』（校倉書房、一六年）、『日本憲兵史――思想憲兵と野戦憲兵』（小樽商科大学出版会、一八年）等がある。

（26）新日本出版社（〇九年二月二五日）

（27）校倉書房（一六年二月）

（28）小林多喜二直筆資料デジタル版刊行委員会編集、雄松堂書店（一一年二月二〇日）

（29）以上は、日本・中国・韓国＝共同編集『未来をひらく歴史　東アジア三国の近代史』第二版（高文研、〇六年七月）、中塚明『これだけは知っておきたい　日本と韓国・朝鮮の歴史』（高文研、〇二年六月）など参照。

Ⅷ

伏字にされた『蟹工船』の作品世界はどうなったか

―多喜二の筆力と検閲の効能―

最後は、すでにこれまでも登場してきた蟹工船の漁夫や雑夫たち労働者の描写と検閲の実際をみてみたい。

「労働組合などに関心のない、いいなりになる」「てんでんばらばらのものら」として集められた漁夫や雑夫たちが、脚気の「山田君」の死を葬る「お通夜」の儀を契機に、あらたな「労働組合の結合」に向かって動いてゆくダイナミズムについては、先刻もみてきたように、前段の伏線の箇所も含めて、この道行きやその道程での「吃り」、「芝浦」をはじめとする漁夫らのプロパガンダ、アジテーションなども、暴力的な言辞を除くと、ほとんど無傷なのである。

伏字の箇所は六カ所（三％）あり、その字数も二四文字（一・三％）に過ぎないものである。

しかし、このあらたな「労働組合の結合」は、「日本帝国の大きな使命」を賭した、したがって「始終我帝国の軍艦が……守っていてくれる」北洋蟹漁業の利潤追求のなり振り構わぬ「飽くことのない虐使」、「残酷極まる労働」による搾取に対面して、その無残な労働の中で「てんでんばらばらなものら」であった「未組織の労働者」が「自分たちを悩ます蛇にたいする『防衛』のために」、これに抗して労働者自身の意思による結合を綯《な》い合わせ、「団結することを教え」られて一人前の労働者に成長してゆく道程があって、はじめて結実するものである。そうとあれば、伏字箇所の多い北洋蟹漁業資本の暴力的な労働管理による利潤追求と、その「警備の任に当たる駆逐艦」の「門番」「見張番」「用心棒」振りを描いた場面は、漁夫や雑夫たちの労働と向かい合う、切り離せない一体のものであるから、こういうつながりで伏字全体をみる視座が必要であろう。

それにしても、このことは先にも触れて、資本家の利潤追求の表現では、それが天皇やこの帝国政府とかかわりをもつ描写と説明を除けば、検閲の対象から外されていると指摘してきたところである。しかし、この漁夫や雑夫たちの団体交渉をめぐるストライキの組織化がはじまる場面でも、既にみたとおりそこに語られるプロパガンダやアジテーションなども含めて、不適切と判断された暴力的な言辞などを伏字にすることだけで、済ませているのである。

このような検閲にみる内務省警保局の傾きは、その実体が何よりも現人神の天皇とこの家系、家族(「萬世一系の皇室」)及び国体の護持にあり、その「安寧秩序の妨害」を許さないためにも出版物の「皇室の尊厳を冒瀆する事項」の検閲が、最優先されて執行されていたことを闡明《せんめい》に示してもいるであろう。先に「出版物の検閲」の眼目が此処にあることを指摘してきたが、既に挙げてきた事例からも、それが明らかであることは論を俟《ま》つまでもなかろう。

そうはいっても、「検閲標準」の(3)や(13)の「事項」から探る眼光の炯《けい》けいとした目配りはしているのだから、これに相当する箇所をおさおさ見逃すはずもないのに、その大方がどこにも伏字のないままに残っているのである。

これは先にも言及してきているところでもあるが、そこを伏字にしたくても手が出せないほどに作品に隙がなく、「しなやかで強《したた》かな力のある筆づかいになっている」からだと述べたとおり、表現されているどこにどう手を入れて伏字にしようにもなかなかの筆捌《ふでさば》きで、つけ入る隙を与えないようにことばを選び抜いて叙述されているからである。しかも、その表現の全体が静かな説得力をもって作中の人物たちばかりでなく、読者にも迫ってくる、緻密な構成のある描写と説明なのである。『三月十五日』の発売禁止の処分に学んで、あらかじめ検閲の乱暴な執行を予測し計算し尽くした、多喜二の表現力の精華なのである――そう言っていいのではあるまいかと考察される。

しかし、小説『蟹工船』は無惨にも二〇九個所、一〇二七文字もの伏字で覆われ、胸を衝く痛みのともなう作品にさせられてしまったのである。それをいま改めて伏字のままの改造文庫版を精読してみると、多喜二がこの作品に「意図」してもっとも描きたかった「帝国軍隊――財閥――国際関係――労働者」の関係性を「全体的に見」ながら、未組織にさせている労働者を「資本主義は、皮肉にも、かえって……組織させ」てゆくものだという、あらたな「労働の結合」の真実なドラマは、「はいご」の四者の関係性はなかなか読み難くても、その残された骨組みからしっかり伝わってくるのである、

しかしながら、文学作品としてのふくらみはそのディテールがずたずたに削ぎ落とされてしまってすっかり痩せ細り、小説全体の構造が骨組みは残されてはいるものの、損壊した建造物の姿をみる思いで、作品のゆたかな世界が狂おしいまでの暴虐な権力にずたずたに破壊され、その損傷した創造物の傷ましい形相《ぎょうそう》は、何とも名状しがたい無念さを覚えるつらいものになってしまっている。

しかし、そうではあってもこの伏字にされた文庫本の『蟹工船』は、重版が続いていたように、

なお多くの人びとに読み継がれていたのである。この文庫本を所持しているだけで没収された（四三年）時代に（そうさせたのは、四〇年にこれまで発売を許可してきた伏字の文庫本『蟹工船』を「一括禁止」にしていたからである）である。それはまた、市井の人びとの権威に対する抵抗であり、自分たちの読む、知る自由を護る平素からのたたかいでもあったのである。伏字本の文庫『蟹工船』は、人びとにそういう生き方を促す力をもった作品なのであった。

伏字の文庫版『蟹工船』を読み了えた今、そこに描き出されたものは、表現の自由を奪われ、言論、出版の自由を抑え込まれ、そして内心の自由を外からの権威に縛られ、常に「見えない眼差し」（フーコーの『監獄の誕生』。「不可視のまなざし」の訳もある）に怯《おび》えながら生きる非情な日常を間断《かんだん》なく強いられる時代、社会であり、一人ひとりの尊厳性が足蹴にされてゆく無惨な世界でありながら、なおそれに抗して生きるちからの湧出を促す声が、確かな語り口で伏字にされたままのこの作品の奥から聞こえてくる。それは、監視されて身動きもならず、息をひそめて暮らす重苦しい日常の事態を、決して再来させてはならないという訴えである。それぞれがおのれの尊厳を平生の暮らしの真ん中にしかと据えて、自分の生きる場所でごく当たり前に精神的自由を失わないでこの課題に取りくむよう、もの静かに見守り、一語いち語を噛みしめるようにして語る勇気を鼓舞する多喜二のこの呼びかけを、筆者は心底に深く刻み込んで生きてゆこうと思う。

（二〇一八年一二月二八日）

付録

『蟹工船』収載の新潮文庫版と改造文庫版にみる伏字の異同一覧

■『蟹工船』収載の新潮文庫版と改造文庫版にみる伏字の異同一覧

新潮文庫版

頁	行	該当の表現箇所
10	5	**助ければ助ける**ことの
13	16	**警備**の任に当たる**駆逐艦**
15	2	重大な**使命**を持つてゐる
	3	**日本帝国の大きな使命**
	4	**我帝国**の**軍艦**が
	10	**駆逐艦**の**御大**は
	11	**水兵**
	12	石ころみたいな**艦長**を抱へて
	12	勝手なことをわめく**艦長**のために、**水兵**は
	15	**艦長**をのせて……ちらつと**艦長**の方を見て
16	1	**やっちまうか!?**
18	14	**貴様らの一人、二人が何んだ。川崎一艘と**
		られてみろ、たまつたもんでないんだ
21	4	**天皇陛下は雲の上にいるから、俺達にゃど**
		うでもいいんだけど
24	1	**余計な寄道**せつて

改造文庫版

頁	行	該当の表現箇所
15	3	**助ければ助けることの**
20	5	同上
22	1	同上
	2	同上
	4	**我帝国の軍艦**が
	9	**駆逐艦の御大**は
		同上
	11	石ころみ**たいな艦長を抱へて**
	12	勝手な**ことをわめく艦長**のために、**水兵**は
23	2	**艦長をのせて**……**ちらつと艦長の方を見て**
	3	**やっち**まふか!?
27	5	同上
30	10	同上
34	9	同上

	2	**誰が命令**した？
	8	一週間も**フイ**になる
	9	一日でも**遅れ**てみろ！ **それに秩父丸には勿体ない程の保険がつけてあるんだ。ボロ船だ、沈んだらかえつて得するんだ**
	15	**国と国**との大相撲
27	9	**日本帝国**のため
	12	**秩父丸の労働者**が
31	3	**死ん**でゐた
	9	**なぐりつける**
42	13	**首**を締める
	14	**日本の国**
43	3	**ロシア**
	4	**ロシア**
43	6	**赤化**
43	6	**赤化**
44	5	**日本**、まだ、まだ駄目
	7	**日本**、働く人ばかり
	11	**日本**、働く人、やる。……**ロシア**、みんな

	10	**誰が命令した**？
35	4	同上
	5	一日でも**遅れ**てみろ！ **それに秩父丸には勿体ない程の保険がつけてあるんだ。ボロ船だ、沈んだらかえつて得する**んだ
	11	同上
39	8	同上
	11	同上
44	7	同上
45	2	**なぐりつ**ける
60	9	同上
	10	同上
61	4	同上
	5	同上
	7	同上
	8	同上
62	10	**日本**、**まだ**、まだ駄目
63	1	**日本**、**働く人**ばかり
	4	日本、**働く人**、やる。……**ロシア**、みんな

頁	行	該当の表現箇所
45	1	**赤化**
46	12	**抱きすくめて**しまつた
	14	雑夫の**足**が
		下半分が、すつかり**裸**に
	15	そのまま蹲んだ。と、**その上に、漁夫が蟇**
		のやうに覆いかぶさつた
	16	瞬間に行はれた
47	3	**露骨な女の陰部**
	4	**春画**
	7	**床とれの、**
		こちら向けえの、
		口すえの、
		足をからめの、
		気をやれの、
		ホンに、つとめはつらいもの。
48	2	駄目だ、**倅が立って**
	3	**勃起している睾丸**を握りながら、裸で

頁	行	該当の表現箇所
63	10	赤化
66	4	**抱きすくめてしまつた**
	6	同上
	7	同上
	7	**そのまま蹲んだ**。と、**その上に、漁夫が蟇**
		のやうに覆いかぶさつた
67	9	**瞬間に行はれた**
	12	同上
	1	同上
	5	同上
		同上
		同上
		同上
		同上
		同上
68	4	**駄目だ、倅が立って**
	6	**勃起している睾丸を握り**ながら、**裸**で

	4	さうするのを見ると
	6	**夢精**……**たまらなく**なつて**自瀆**……**カタの**
		ついた汚れた猿股や褌が
	9	**夜這い**
51	6	**露国**の船には
52	15	**日本帝国**のためか
55	5	無茶な「**虐使**」が出來た
	6	虱より無雜作に土方が**タヽき殺**された
	7	棒杭に**しばり**つけて置いて、馬の後足で蹴
		らせ
	8	土佐犬に**噛み殺**させたり
	11	土佐犬の強靭な**首で振り廻されて死ぬ**
	12	**身体**
	14	**人の肉が焼ける**
56	8	**朝鮮**人の親方……土方（**日本**人の）
	10	**巡査**
	14	労働者の青むくれた「**死骸**」
	15	**生きたま**ゝ、「**人柱**」のやうに**埋め**られた
57	2	「**国家的**」富源の開発

	7	**さうするのを見ると**
	9	**夢精**……たまらなくなつて**自瀆**……**カタの**
		ついた汚れた猿股や褌が
	12	同上
72	12	同上
75	3	同上
78	7	同上
	8	**虱より無雜作に土方**が**タヽき殺された**
	9	**棒杭にしばりつけて**置いて、**馬の後足で蹴**
		らせ
	10	**土佐犬に**噛み殺させたり
79	1	土佐犬の**強靭な首で振り廻されて死ぬ**
	2	同上
	4	同上
80	3	同上
	5	同上
	9	労**働者**の青むくれた「**死骸**」
	10	同上
81	1	「**国家的**」**富源の開発**

頁	行	該当の表現箇所
	3	「**国家**」のために、労働者は「腹が減り」「タヽき**殺され**て」
	10	**乃木軍神**がやった
	11	労働者の**肉片**が
	14	石炭の中に**拇指**や**小指**が……**交**つて
58	8	**煽動して、移民を奨励**して
	10	**餓死**
66	4	**卒倒**
67	3	**残虐**
	5	**駆逐艦**が南下……**日本の旗**が
70	12	**おそゝ**
	14	**おそゝ**
77	5	**駆逐艦**
	6	**駆逐艦**
	7	**駆逐艦**からは……**士官**連が
	13	**士官**
79	14	**駆逐艦**

頁	行	該当の表現箇所
	2	「**国家**」のために、**労働者は**「**腹が減り**」「**タヽき殺**されて」
	9	**乃木軍神がやった**
	10	同上
	12	石炭の中に**拇指や小指**が……交つて
83	1	**煽動して、移民を奨励して**
	3	同上
93	12	同上
95	3	同上
	5	同上
100	5	同上
	7	同上
109	7	同上
	8	同上
	9	同上
110	3	同上
112	12	同上

頁	行	本文	頁	行	本文
	16	**残虐**	113	2	同上
80	6	**士官**連はそれでも**駆逐艦**に		8	同上
	10	**駆逐艦**		12	同上
81	10	**駆逐艦**	115	4	同上
82	1	**水兵**が、……**艦**尾の旗		11	同上
	6	**士官**や船長……今度ロシアの**領海**へこつそり**潜入**して漁を	116	4	**士官**や船長……今度ロシアの**領海**へこつそり**潜入**して**漁**を
	7	**駆**（**逐艦**――岩波文庫版）……側にいて番を		5	**駆**（**逐艦**）……側にいて**番**を
	10	**日本のもの**にするそうだ。**日本**のアレは支那や**満洲**		8	**日本のものにするそうだ。日本のアレは**支那や**満洲**
	11	**政府**		10	同上
	13	**駆逐艦**が蟹工船の**警備**に出動する		12	**駆逐艦**が蟹工船の**警備**に**出動**する
		目的	117	2	同上
	14	かえつて大目的で、万一のアレに手ぬかりなくする訳だな……千島の一番端の島に、コツソリ**大砲**を運んだり、**重油**を運んだりして			**かえつて大目的で、万一のアレに手ぬかりなくする訳だな**……**千島の一番端の島**に、コツソリ**大砲**を運んだり、**重油**を**運**んだりして
83	1	**日本**のどの**戦争**でも		4	**日本のどの戦争でも**
	2	（そのかはり大金持の）指図で、動機《きつかけ》だけは		5	（そのかはり**大金持の**）**指図で**、**動機**《きつかけ》だけは

頁	行	該当の表現箇所
		起した……見込のある場所を手に入れたくて
87	11	**殺**されたくなかったか
	13	誰が**殺**したか？
	14	**殺**した
88	9	直ぐ**海**に**投**げる
	15	**海**さ投げられる
	16	同じ**海**でも
94	4	**殺**されたくない
	9	**殺**されたくない
	10	**半殺**にされる
	15	**日本文字**で印刷
	16	「**赤化**宣伝」の……**日本人**が沢山
95	4	**日本人**
	15	ロシア**の領海内に入**つて
	16	**赤化**
97	9	**銃殺**される

頁	行	該当の表現箇所
		起した……**見込のある場所を手に入れたくて**
123	8	同上
	10	同上
	11	同上
124	11	直ぐ**海に投**げる
125	5	同上
	7	同上
133	4	同上
	9	同上
	10	同上
134	3	同上
	4	同上
	8	同上
135	9	ロシアの**領海内に**入つて
	10	同上
137	9	同上

98	4	**領海内**に入つて**漁**を
	7	**領海内**
	8	**露国**の**監視船**
112	12	「**殺**しちまい！」「打ッ**殺**せ！」「のせ！ の
		しちまえ！」
113	5	**駆逐艦**
	8	**士官達**
	11	**我帝国**の**軍艦**だ。俺達**国民**の味方だらふ
	14	**国民**の味方
	15	**国民**の味方でない**帝国**の**軍艦**
	16	「**駆逐艦**が來た！」「**駆逐艦**が來た！」
114	1	**帝国軍艦万歳**
	4	**駆逐艦**からは三艘**汽艇**が
	5	**水兵**
	6	**着剣**をして……帽子の**顎紐**を
	8	**汽艇**からも……その次の**汽艇**からも、やつ
		ぱり**銃**の先きに、**着剣**した、**顎紐**をかけた
		水兵
	9	海賊船にでも躍り込むように、ドカ〳〵ッ

138	7	**領海**内に入つて**漁**を
	9	同上
	10	**露国**の**監視船**
158	7	「**殺しちまい！**」「**打ッ殺せ！**」「**のせ！ の**
		しちまえ！」
159	4	同上
	7	同上
	11	**我帝国の軍艦だ。俺達国民の味方**だらふ
160	2	**国民の味方**
	3	**国民の味方でない帝国の軍艦**
	4	同上
	6	同上
	9	**駆逐艦**からは三艘**汽艇**が
	10	同上
	12	同上
161	2	**汽艇**からも……その次の**汽艇**からも、やつ
		ぱり**銃の先き**に、**着剣**した、**顎紐**をかけた
		水兵
	3	**海賊船にでも躍り込むように、ドカ〳〵ッ**

頁	行	該当の表現箇所
115		と上つてくる
	15	「**不忠者**」「露助の真似する**売国奴**」
	16	**銃剣を擬**されたまゝ、**駆逐艦**に護送されてしまつた
	4	**味方**
	5	**帝国軍艦**……**大金持の手先でねえか、国民の味方**
	7	**水兵**……**上官**連……**酔払つて**ゐた
	9	「**誰が敵**」であるか
	11	蟹缶詰の「**献上品**」……「乱暴にも」何時でも、別に**斎戒沐浴して作る**
	13	**だが、今度は異ってしまっていた**
	14	**俺達の本当の血と肉を搾り上げて**作るものだ。フン、さぞうめえこつたろ。**食つてし**まつてから、**腹痛でも起さねば**いいさ
	16	そんな**気持で作つ**た
116	1	**石ころでも入れておけ！—かまうもんか**

頁	行	該当の表現箇所
162		**と上つて**くる
	9	「不忠者」「**露助**の真似する**売国奴**」
	10	**銃剣を擬されたまゝ、駆逐艦に護送されてしまつた**
	3	**味方**
	4	同上
	7	**水兵**……**上官連**……**酔払つてゐた**
	8	同上
	10	蟹缶詰の「**献上品**」……「**乱暴にも**」何時でも、別に**斎戒沐浴して作る**
	12	同上
163	1	**俺たちの本当の血と肉を搾り上げて作るものだ。**フン、**さぞうめえこつたろ。食つてしまつ**てから、**腹痛でも起さねば**いいさ
	3	そんな**気持で作つ**た
	4	同上

頁	行	
118	2	**味方**
	10	**駆逐艦**に無電は打てなかった
	11	引き渡してしまふ
	13	殺される
	16	**駆逐艦**
	ロ	**赤化**宣伝
	ニ	**警察**の門

頁	行	
164	6	味方
	2	**駆逐艦**に**無電**は**打て**なかった
		引き渡してしまふ
166	6	**殺**される
	9	同上
	ロ	**赤化宣伝**
	ニ	同上

＊新潮文庫版の伏字の箇所は「赤化」(頁四五　行二)と「味方」(頁一一六　行二)の二箇所が多いが、見てのとおりで、改造文庫版よりもかなり少ない(二一箇所)のが分かるほどに注意深く対処されている。

＊他方、改造文庫版は前の年に発売禁止にされ、明くる四月には新潮文庫版が厳しい検閲の難関をくぐり抜けてきているから、改造社にはこの五月の改訂版の発行は実現したい必至の課題になっていて、その思いが「異同一覧」にみるような顕著な対処になったことを示す貴重な事例になっている。

＊この当時の出版物検閲の実情については「Vの2」にみたとおりで、検閲のエスカレートする状況はそれを内面化し、自己統制してみずからを縛り、体制に誘導されてゆくようになっていってしまう。図らずもこの「一覧」で照合して確かめられるように、検閲、取り締まりの強化は取り締まられる側に強いブレーキが働いてみずからを統制してゆく実相が、ここには象徴的に示されている。

また、新潮文庫版の「赤化」（頁四五　行一）と「味方」（頁一一六　行二）は改造文庫版では伏字にしないまま検閲の関所は通過できている。何のクレームもついていないのである。これは検閲官の見落しか、文脈上の用語の使われ方から判断して、「検閲標準」の決まりに抵触していないからなのか——。

＊「一覧」をみると瞭然であるが、改造文庫は新潮文庫程度の伏字で検閲の関門を通過できているのに、前年の発売禁止の処分が尾を引いているのか、単語、語句をはじめ活用語尾、接尾語、付属語（助詞や助動詞）に至るまでの細心の作業になっている。

＊この記録はそういう意味では、出版物の検閲や取り締まりが強化されてゆくなかでの対処が自己抑制、自己統制されて、その処理作業が拡大されてゆく実際の姿を記録した最初の事例である。

＊「常用漢字表」にある漢字は新字体に改めた。

■小林多喜二『蟹工船』関係略年譜

政治と社会の動き

一八六八（明治元）年

一〇月、「明治と改元（一世一元制）」

六九（同二）年

二月、新聞紙印行条例公布。

五月、出版条例公布。

七五（同八）年

両条例は検閲制から届出制に改正。

八七（同二〇）年

両条例を全面的に許可制に改正。

八九（同二二）年

二月一一日、大日本帝国憲法発布。

第一条で「大日本帝国ハ万世一系（天照大神からその子孫に至るところ—引用者）天皇之ヲ統治ス」と内外に宣言して、この時から「朕《ちん》」はみずから神聖で絶対不可侵の唯一の現人神《あらひとがみ》である（第三、四

多喜二の履歴

政治と社会の動き

条）天皇であり、この存在が「統治権ヲ総攬シ」（第四条）て専制支配する主権在天皇の国家となる。そして、国民はその「臣民」（天皇に仕える忠実な民草《たみくさ》＝下臣―引用者）という隷属的な位置に据えられてゆく。

九〇（同二三）年

一〇月三〇日、「教育ニ関スル勅語」発布。この「勅語」にはこれまでのような「副署」（各大臣の署名）のない、天皇の「勅語」であった。それは天皇による署名だけの特別な名において、直接すべての臣民に対して天皇＝現人神＝神から与える「特別なおことば」（臣民の心がけを説諭する天皇の直言）である文書＝「勅語」にしている。

九三（同二六）年

出版条例を出版法として発布。

九四（同二七）年

八月一日、日清戦争はじまる。

多喜二の履歴

九五（同二八）年

四月一七日、台湾併合（日清講和条約～四五年）。

九七（同三〇）年

新聞紙条例を改正し、行政官による発行停止権を削除。

一九〇九（同四二）年

新聞紙条例を新聞紙法として公布し、再び行政処分を認可。

一〇（同四三）年

八月二二日、韓国併合条約（～四五年）

一九〇三（明治三六）年

一〇月一三日、秋田県北秋田郡下川沿村川口一七番地（現大舘市川口二三六の二）で誕生。

〇七（同四〇）年

一二月下旬、小樽へ一家移住。

〇八（同四一）年

一月、小樽区若竹町に転居。

一〇（同四三）年

四月、小樽区立潮見台尋常小学校入学。

政治と社会の動き

一五（大正四）年

五月七日、中国の政治、経済、軍事に関する二一カ条要求。

一八（同七）年

八月二日、シベリア出兵。

二二（同一一）年

七月一五日、日本共産党創立。

多喜二の履歴

一六（大正五）年

三月、同校卒業。

四月、庁立小樽商業学校入学。

二一（同一〇）年

三月、同校卒業。

五月、小樽高等商学校入学。秋頃から志賀直哉の文学を学び始める。

二四（同一三）年

三月九日、同校卒業。

一〇日、北海道拓殖銀行に就職。札幌本店に勤務。

二五（同一四）年

四月二二日、治安維持法公布。

五月五日、普通挙選法公布。

八日、勅令で治安維持法を朝鮮、台湾、樺太に施行。

二六（同一五）年

政府は第五十一議会に新聞紙法と出版法とを併合し、両方間の異同また不権衡を調整統一した単一法にまとめて出版物法案を提出するが、審議未了。

二七（昭和二）年

第五十二議会に再上程するが、一〇回もの委員会を重ねながら、これまた審議未了に終り、廃案となる。

二八（同三）年

二月、『赤旗《せっき》』創刊。

三月一五日、日本共産党への全国一斉大弾圧（三・一五事件、翌年の四・一六事件と続く）。

四月一八日、同行小樽支店に勤務。一〇月頃に田口タキと出会う。

二七（昭和二）年

社会科学の学習を始める。

二八（同三）年

二月、第一回普通選挙に労働農民党から立候補した山本懸造（日本共産党員）を応援、東倶知安でこの演説隊に参加。

三月一五日、三・一五事件。

政治と社会の動き

六月二九日、緊急勅令により、治安維持法を死刑法に改悪。七月三日、特別高等警察課を全県に設置。廃案になった出版物法をはじめ警察関係法令の整理改善を諮問する警保委員会が前年に内務大臣を長とする内務、司法、陸軍、法制局および貴衆両議員と学識経験者など二五名の常設員によって設けられ、この年に九項目の答申案を提出するが、それは「皇室の尊厳を冒瀆する事項」を行政処分により「発売頒布禁止」する内容のものであった。以後、出版法第一九条により執行される行政処分は、「検閲標準」にもとづいてすすめられてゆく。

多喜二の履歴

四月、「防雪林」執筆。二六日完成。

五月、全日本無産芸術連盟（ナップ）小樽支部を組織し、機関誌『戦旗』の配布をする。

五月半ばの頃、上京して蔵原惟人を訪ね、以後その理論的影響を受け、親交を結ぶ。

一〇月二八日、「蟹工船」起稿。

二九年（同四）年

二月末、非合法の日本共産党に入党を希望するが、作家活動を考慮して保留になる。

三月三〇日、『蟹工船』脱稿、『戦旗』五、六月号に発表、六月号発売禁止。

九月に戦旗社から単行本（『一九二八年三月十五日』併載）を刊行するが発売禁止。一一月、改訂版（併

三一（同六）年

九月一八日、柳条湖事件（満州事変）。

載の『一九二八年三月十五日』を除き、四章の俗謡とこの前後の風俗描写の部分、さらに数カ所の字句を伏字にして）を刊行するが、これも発売禁止。翌年三月、改訂普及版刊行。

九月二九日、「不在地主」脱稿。『中央公論』一一月号に発表。

一一月一六日、この『不在地主』が原因して北海道拓殖銀行を解雇される。

三〇（同五）年

二月、「工場細胞」脱稿。前年創立した日本プロレタリア作家同盟中央委員に選ばれ、小樽支部準備会結成に奔走。全小樽労働組合結成の準備の活動に参加。

三月、上京。田口タキとの結婚を断念。

『蟹工船』（改訂版）装丁・挿絵（三葉）大月源二（戦旗社）。

三一（同六）年

一〇月、日本共産党に入党。作家同盟書記長。

『転形期の人々』を『ナップ』に連載開始。

政治と社会の動き

多喜二の履歴

一一月六日、奈良に志賀直哉を訪問。

三二（同七）年

帰京後、宮本顕治らと文化運動再建のため非合法（地下）活動にはいる。

八月二五日、「党生活者」を脱稿。

三三（同八）年

二月二〇日、正午過ぎ、スパイ三船留吉（日本共産青年同盟キャップだった）の手引きにより、築地署の特高に検挙され、その日のうちに同署で拷問虐殺される。午後七時四五分死去。享年二九歳。

一月七日、脱稿の「地区の人々」を『改造』三月号に、前年の「党生活者」は『中央公論』四、五号に「転換時代」の仮題で発表。

四月、三月一五日の労農葬の直後、宮本百合子、江口渙、池田寿夫ら数人の編集委員により『蟹工船』、『不在地主』を収める『小林多喜二全集』第二巻を日本プロレタリア作家同盟編で国際書院か

三四（同九）年
出版法の一部改正。

三六（同一一）年
一一月二五日、日独防共協定調印。

三七（同一二）年
七月七日、日中戦争開戦。

ら五日に刊行する（校訂は綿密におこなわれ、伏字は戦旗社改訂普及版に準じた）が、これが発売禁止（六日）となる。
四月、前の年に発行した伏字付きの改造文庫版『蟹工船・工場細胞』が、七日に発売を禁止される。
一〇日、新潮文庫版『蟹工船・不在地主』が、けわしい検閲の関門を潜りぬけて刊行。
五月三〇日、改造文庫版が発売禁止された四月本の「改訂版」として発売を実現。

三七（同一二）年
一月、三笠書房版『太陽のない街・蟹工船』（『現代長篇小説全集一一』刊行（伏字の個所その範囲が増えている）。

政治と社会の動き

三八（同一三）年

四月一日、国家総動員法公布。

四一（同一六）年

一二月八日未明、宣戦布告もせずに日本陸軍はマレー半島（イギリスの植民地）に上陸作戦を行い、続いて海軍航空隊による真珠湾攻撃の後、天皇の名で、米英に宣戦を布告、帝国主義日本は太平洋戦争に突入する。

同九日、宮本百合子ら三九六人が一斉検挙されるが、この後も「皇室ノ尊厳ヲ冒瀆」「国体ヲ変革セントスル」等の虞《おそれ》から、一二月までに千人を超えて検挙している。

多喜二の履歴

四〇（同一五）年

新潮文庫『蟹工船・不在地主』の発売を一括禁止される。

一九日、言論出版集会結社等臨時取締法公布。

四二（同一七）年

五月二〇日、翼賛政治会結成。

九月一四日、雑誌『改造』掲載の論文で細川嘉六が検挙される（「横浜事件」の始まり）。

一二月二三日、大日本言論報国会結成。

四三（同一八）年

一〇月二一日、明治神宮外苑で出陣学徒壮行会挙行。

四四（同一九）年

（一月二九日）〜四五年六月、「横浜事件」（『中央公論』『改造』『朝日新聞』などの編集者ら六〇人が治安維持法違反容疑で神奈川県警特高課に逮捕される〈拷問で四人を獄死させる〉言論弾圧事件）。

四五（同二〇）年

三月一〇日、B29による東京大空襲（約二七万戸焼失、死者数約一〇万人）。各地で空襲被害広がる。

八月六日、B29が広島に原爆投下。

同月九日、B29が長崎に原爆投下。

政治と社会の動き

八月一五日、天皇制政府、ポツダム宣言受諾、連合国に降伏する。

多喜二の履歴

四九（二四）年

二月、日本評論社版全集第九巻で「蟹工船」ははじめて『戦旗』を底本にし、ノート稿を参照して復元される。

■参考文献

改造文庫　小林多喜二『蟹工船・工場細胞』改訂版　コピー（改造社、一九三三年五月三〇日）
『定本小林多喜二全集』全一五巻　小林多喜二全集編集委員会（新日本出版社、一九六八年～六九年）
岩波文庫　小林多喜二『蟹工船・一九二八・三・一五』（岩波書店、一九五一年一月第一刷）
蔵原惟人「解説」（一九五〇・八・四）前掲書所収
岩波文庫　小林多喜二『独房・党生活者』（二〇一〇年五月改版第一刷発行）
新潮文庫　小林多喜二『蟹工船・不在地主』（新潮社、一九三三年七月一二日一六版）
同上書（一九三八年六月一〇日三六刷）
内務省警保局編『㊙出版警察概観』復刻版　全三巻（1昭和五・六年／2昭和七・八年／3昭和九・一〇年）龍渓書舎（一九八一年）
内務省警保局編『㊙出版警察報』復刻版　全四〇巻（昭和三年一〇月一五～一九年三月一四九号）一～二三巻　龍渓書舎（一九八一年）二四～四〇巻　不二出版（一九八二年）
福岡井吉「昭和期『発禁』の概要」（小田切秀雄編『昭和書籍雑誌新聞発禁年表　上　増補版』所収　明治文献資料刊行会、一九六五年）
奥平康弘『表現の自由1―理論と歴史―』有斐閣（一九八三年）
岩波現代文庫　同上『治安維持法小史』岩波書店（二〇〇六年）

浅岡邦雄「戦前内務省における出版検閲　ＰＡＲＴ２：禁止処分のいろいろ」千代田図書館トークイベント講義録（二〇〇八年）
安野一之「いつ・だれが・どのように検閲したのか」千代田図書館展示会：「浮かび上がる検閲の実態」連続講演会①講義録（二〇一一年一月一八日）
大滝則忠「戦前期の発禁本のゆくえ」〈参考〉「戦前期の発禁本に関する主な既存書誌・リスト等」〈付：数量規模〉同上②（同年二月一八日）
浅岡邦雄「戦前期の出版検閲と法制度」同上③（同年七月二日）
同上「奥付――誰が何のために」千代田図書館ミニ展示「奥付と検閲と著作権」関連講演会講義録（一三年一月三〇日）
関麻理菜「小林多喜二『蟹工船』に見る昭和初期の検閲」『北の文庫』第47号所収（「北の文庫の会」機関誌、〇八年二月）
新日本新書　社会科学研究所監修『資本論』二　資本論翻訳委員会訳（新日本出版社、一九八三年）
岩波新書　ノーマ・フィールド『小林多喜二――二一世紀にどう読むか』岩波書店（二〇〇九年）
浜林正夫『「蟹工船」の社会史――小林多喜二とその時代』学習の友社（二〇〇九年）
井本三夫「北洋史から見た『蟹工船』」同上書所収
同上『蟹工船から見た日本近代史』新日本出版社（二〇一〇年二月）
日魯漁業株式会社『日魯漁業経営史』第一巻　水産社（一九七一年）

荻野富士夫『多喜二の時代から見えてくるもの――治安体制に抗して』新日本出版社（二〇〇九年二月）

岩波文庫 同上編『小林多喜二の手紙』（二〇〇九年一一月）

二〇〇八年オックスフォード小林多喜二記念シンポジウム論文集『多喜二の視点から見た〈身体《body》〉〈地域《region》〉〈教 育《education》〉』オックスフォード小林多喜二記念シンポジウム論文編集委員会 紀伊国屋書店（二〇〇九年）

荻野富士夫「小林多喜二の戦争観・軍隊観と北洋漁業――『蟹工船』から見えてくるもの」『多喜二の文学、世界へ』（二〇一二年小樽小林多喜二国際シンポジウム報告集、荻野富士夫編著、紀伊國屋書店 二〇一三年三月三一日）

同上『北洋漁業と海軍――「沈黙ノ威圧」と「国益」をめぐって』校倉書房（二〇一六年二月二九日）

ＤＶＤ版『小林多喜二 草稿ノート・直筆原稿』小林多喜二直筆資料デジタル版刊行委員会編著 雄松堂書店（二〇一一年二月二〇日）

上野武治「大月源二の絵『走る男』が現代に問いかけるもの―歴史問題の清算と障害者の権利回復との関連―」北星学園大学社会福祉学部北星論集第51号所収（二〇一四年三月）

「画家 大月源二の世界」刊行委員会『画家 大月源二の世界～いまに生きる歴史の証～』大月書店（二〇〇四年一一月二五日）

富田幸衛『社会史の中の美術家たち 北海道における民主的美術運動再考 一九四五～二〇〇五』

福重紀代子編　北海道平和美術展機関誌「平和と美術」別冊（二〇〇六年一二月二〇日）
金倉義慧『画家　大月源二―あるプロレタリア画家の生涯―』創風社（二〇〇〇年八月）
青木新書　山田清三郎『プロレタリア文学風土記―文学運動の人と思い出―』青木書店（一九五四年一二月）
同上『わが生きがいの原点――獄中詩歌と独房日記』白石書店（一九七四年一一月）
同上『プロレタリア文化の青春像』新日本出版社（一九八三年二月）
不破哲三『小林多喜二　時代への挑戦』同上（二〇〇八年七月）
小笠原克『小林多喜二とその周圏』翰林書房（一九九八年一〇月）
「刑事施設に於ける刑事被告人の収容等に関する法律（廃止）・（旧）監獄法」改訂『監獄法』所収　有斐閣（一九六五年）
「監獄法」『模範六法全書』三省堂編輯所編所収（一九三五年）
「監獄法施行規則（廃止）」同上書所収
（なお、以上の法律・規則等のデータは「ウィキペディア」〈インターネット上の百科事典〉からの検索も可）
道の手帖『小林多喜二と「蟹工船」』河出書房新社（二〇〇八年九月）
久松潜一編『日本文学史』至文堂（一九五七年）
岩波小辞典　高木市之助編『日本文学―古典―』岩波書店（一九五五年九月）

尾崎一雄『あの日この日』下　講談社（一九七五年一月二四日）
今田洋三『江戸の本屋さん』日本放送出版協会（一九七七年）
同上『江戸の禁書』吉川弘文館（二〇〇七年）
倉地克直『江戸文化をよむ』同上（二〇〇六年）
文春新書　倉田喜弘『「はやり歌」の考古学――開国から戦後復興まで』文芸春秋社（二〇〇一年）
日中韓三国共通歴史教材委員会編『未来をひらく歴史――東アジア三国の近現代史』第2版　高文研（二〇〇六年）
中塚明『これだけは知っておきたい日本と韓国・朝鮮の歴史』高文研（二〇〇二年）
学習の友ブックレット『共謀罪ＶＳ国民の自由――監視社会と暴走する権力』学習の友社（二〇一七年四月）
岩波ブックレット　高山佳奈子『共謀罪の何が問題か』岩波書店（二〇一七年五月）
伊藤純「昭和前期の図像学 ガラス乾板から浮かび上がる群像」、占領開拓期文化研究会刊『フェンスレス』オンライン版第3号（二〇一五年五月二〇日発行）、五七～六九頁
http:// senryokaitakuki.com/fenceless003/fenceless003_05ito.pdf

あとがき

「はじめ」の末尾のところで、筆者は「自分の前に広がるとてつもない深い森を踏み迷う不安に途惑いながらも……自分にもまだ何ともわからない未解明の世界に手探りでたどるいとなみを刻んでゆく」ような思いでいることを認《したた》めている。その森であれこれと「踏み迷」いながらも、どうやら筆者が探し求めていた樹木にたどりつくことができたようである。二月二〇日（多喜二没後八六年）も過ぎ、四月である。

二月二〇日は、多喜二が官憲の手によって拷問死させられた、悔やみ切れない日である。当初、筆者は、多喜二の没後八五年の節目に当たる一八年度末までに本稿を書き上げる予定で執筆していた。しかし、パソコン操作の未熟さからあれこれの不具合が生じ、編集担当の飯塚代表には多大なご負担をおかけする羽目にもなったりした。代表の辛抱強いご援助のお陰でひとまずの整理もつき、本稿をどうにか脱稿することができたのである。

こうして出来上がった作物《さくぶつ》を読み込みながら、これが自分の探し求めていた全容だったのだと、その世界の全体像を改めて確かめることができたのである。そのような足取りでたどりついた筆者の世界を、ご高覧くだされたみなさんはどう読まれたであろうか。

執筆を始めたのは、〇八年六月であったが、翌年一〇月一〇日、小森陽一先生（東京大学教授・

当時）の「小林多喜二『蟹工船』と現代を結んで」の講演会を準備する実行委員会で、この初稿（〇九年九年八日脱稿）をもとに、治安維持法下の検閲事情を『蟹工船』を軸に語る機会があった。その折にミニ講演用のレジュメを用意して配布したのだが、これが委員の一人から小森先生の許に届けられていて、後に先生からご意見（四点七項目の「メモ」）をいただいていた。またもう一人の委員は、同様のレジュメをノーマ・フィールド先生（シカゴ大学名誉教授）の許に送り届けていたらしく、後日、先生にお会いした折、同僚の研究者が出版物の検閲問題に関心を持っていて、興深く読んでいた旨のお話を伺っていたりしている等々のことがあった。筆者はお二人からのこれらのご対応から、初稿を書き深める課題のあることを知り、以来その作業を続けてきていたのである。

作品は一九三〇年代のものだけに、専門家でもない在野の高齢な市民の筆者には当時の関係資料の入手はなかなか難しく、随分と多くの方々のご協力、お力添えをいただき、そのお陰で何とかここに拙稿ながら仕上げることができたのである。後述するが、本書はまさにこれら多くの方たちとの共同の所産である、と言っていい。いま筆者はしみじみとそう思いながらも、はたして本書がそう言えるほどのものに論述された作物に仕上がっているかどうか――ここが肝心なところで、いちばんの気がかりである。読者諸氏からの忌憚のないご意見、ご感想をお聞かせいただければ、何よりの喜びである。

二〇一八年は、多喜二の没後八五周年の記念の年であった。二月、小樽での多喜二祭の記念行事（一八日〜二〇日）の最初の日、小森先生のご講演（「今、市民として読み直す多喜二」）の後の懇親会の席で、三月にご退任の荻野富士夫先生（小樽商科大学名誉教授）とお会いする機会を得るが、それは筆者がこの間待ち望んでいた出会いでもあった。実は〇九年の先のミニ講演の「レジュメ」を、その時の実行委員の別の方が荻野先生のところに送り届けているのを後になって知るが、そのレジュメが頁の入れ違いで抜け落ちているものであったので、改めて送り届けてもらうつもりが、そのままに過ぎてきていたからである。荻野先生とはこの時はじめてお会いして、長年気がかりにしてきたそういう事情のあった経緯をお伝えすることができた。この出会いが縁になって、その後、先生からは拙稿への貴重なご助言や、あたらしいデータの紹介・提供など執筆上の身に余るご支援をいただいたのである。また、ノーマ先生からも、研究論文の執筆中なので、研究者仲間から拙稿への意見を寄せていただくようにした等のお心くばりがあった。このようなご支援、ご援助をいただいて、既述の拙稿に広がりや深まりをもたせる補足や加筆が可能になったのである。筆者には何よりの探究の水源であり、糧であった。感謝するばかりである。

二〇一七年、過去に三度も廃案にされて来た共謀罪法案は、あれこれの批判を受けて当初の案を縮小はしたものの、それでも二七七もの処罰類型を創設して、与党の多数の力で強引に押し通してしまった。この共謀罪法の内実を知るにつけ思い起こされていたのが、一九四一（昭和一六）年一月一〇日、治安維持法違反の罪に問われた「生活図画事件」である。

これは旭川師範学校（現北海道教育大学旭川校）などの教師と生徒らが「左翼思想を広めようとした」と、捜査機関の恣意的な判断で二五人が検挙されてしまったのである。宮田汎《ひろし》（治安維持法犠牲者国家賠償要求同盟北海道支部会長）の『生活図画事件』（自費出版　〇八年五月）や『新旭川市史』第四巻・通史四（旭川市史編集会議編集　〇九年三月）によると、東京美術学校（現東京芸術大学）卒の旭川師範学校で教えていた熊田満佐吾《まさご》（当時三二歳。三二〈昭和七〉年着任　故人）、同校卒の旭川中学校（現旭川東高等学校）教師、上野成之《しげゆき》（当時三七歳。二七〈同二〉年着任　故人）の二人とその教え子たちによってすすめられていた、生活をありのままに絵で表現し、その現実をよりよくしてゆくにはどうしたらいいのかをお互いに議論しながら絵を描いてゆくという「生活図画」教育の実践を、「共産主義運動に役立つ」活動だと断定されて、逮捕されたのである。

教え子の一人、菱谷《ひしや》良一《りょういち》（当時二一歳。現在九七歳）さんもこの時逮捕（当時五年生在学）され、執行猶予付きの有罪判決を受けている。菱谷さんによると、本を挟んで向き合う二人の男子生徒描いた四〇年（一八歳）の作品「話し合う人々」、この描いた本＝文庫本が取り調べで「マルクスの『資本論』だ」と警察官から勝手に決めつけられて、さんざんに問い迫られ、挙句の果てに逮捕されたのだという。逮捕されるまでは学校から反省を迫られ、毎朝、神社参拝を強要されている。

共謀罪法の下でも同様の事件が仕組まれよう。衣装を着替えて立ち現れてきた、治安維持法だからである。そういう仕掛けの立法で、共謀罪法は何といっても思想・信条の自由を奪い、集会・

結社や言論・出版・表現等の自由を抑圧するものである。それは民主主義の基本を押し殺し、日常の交わりを相互の不信感をもって監視し合うという、「監視社会」に生きることを強制するものになるということである。

共謀罪の制定については国際社会からも強い危惧が寄せられている。国連の「『プライバシー権』特別報告者のジョセフ・ケナタッチ（マルタ大学教授）が深刻な懸念を表明する書簡を安倍首相宛に送付し」た（一七年五月一八日付）ことや、ジェニファー・クレメント国際ペン会長が、共謀罪法の成立が「日本における表現の自由とプライバシーの権利を脅かすものとなるであろう」とする「会長声明」を発表（同年六月五日付）し、この「立法に反対するよう、国会に対し強く求め」ていることなどである。

これは首相就任後の翌一三年、軍事・外交の情報を国民の耳目から閉ざす特定秘密保護法の強行採決から始まる安倍政治の一環である。翌年の集団的自衛権行使容認というこれまでの閣議決定を覆し、憲法を超えて立憲主義を足蹴にした閣議の専制的な決定から続く一連の政策は、一七年の共謀罪、そして憲法第九条改悪志向への言挙げと緊急事態条項（提案されている内容を見ると、首相自らの存続に危機を感じた時、これを「内乱」とみて発令ができるもので、まさに「戒厳令の発令」に相当する！）の憲法への書き込み、さらにこれらを裏支えする社会保障費の徹底した削減と負担増（この六年間で三兆四五〇〇億円、自然増分だけでも一兆六千億円の削減）とこれに併行した防衛費の拡大・増強（戦後最大規模の五兆二千億円超え）等々、首相のこの足取りは見るとおり、それらがまさに「戦争する国づくり」と一体化した道程《みちのり》であることは、誰の目にも明らかであろう。

内心を覗きみて罰すとかやいふ共謀罪ぞ葬りゆかむ

思わず口をついて呟いた短歌であるが、この法律が提案された時から、そして強行採決された後も、この間筆者の頭の正面には間断なくこの「共謀罪法」が貼りついていて、執筆している治安維持法下の出版物「検閲標準」の規定とその改変の動き、発動の一つひとつが重なって、緊張する仕事の日々であった。脱稿した今も、「共謀罪法」による監視は日常化しているものの、この法律の発動はまだなされていない。その発動だけは決して許してなるまいと、この危険性を周りの人たちに伝えながら過ごす日が続いている。

最後に伝えたいのは、「はじめに」でも触れた本書を執筆する端緒となった一九四三年の春休み、帰省中の一九歳の学生が青函連絡船の中で伏字の文庫本『蟹工船』を私服の警官に没収される記録を綴った（〇七年六月）、当時八三歳の当人についてである。

一八年八月五日、多くの方に惜しまれて、この方は間質性肺炎で亡くなられた。享年九四歳であった。ご遺族のご了解を得ているので公表するが、安井晃一さんである。

四五年八月六日、安井さんは広島で陸軍の船舶通信補充隊の隊員として作業中に被爆（二一歳）

され、九月小樽市に帰郷。戦後、原爆症に苦しみながら道内で教職に就かれ、退職後は北海道被爆者協会の法人化に奔走、道原爆症認定訴訟の原告として「原爆被害者の基本要求」の実現を求め、この運動にご活躍されていた。日本原水爆被害者団体協議会代表理事、道被爆者協会理事にも就任、〇三年道原爆訴訟団（九人）の団長として、他の原告と共に核兵器の廃絶を求めるたたかいを司法の場ですすめるなどして、〇八年四月、九人全員が原爆症を認定され勝訴する。被爆者救済の運動とともに原水爆禁止の活動に携わり、〇六年（八二歳）の秋、「治安維持法下の官憲の無法な振る舞い」と題する一文を起稿し、「連絡船内の不意な特別検査と執拗な取り調べ」を書き綴っている。

……四、五人の私服警官が現れ、所持品の検査をはじめ……数冊の本……の中に……文庫……の『蟹工船』があった。直ちに没収され……親元と下宿先の住所、氏名のほか、入手先も訊かれた。……しかし、取り調べはこれだけでは終わらなかった。……

と、下宿先に再び現れた私服の警察官に「この本は古本屋にはないはず……だれから手に入れたかとしつこく訊かれ」る様子を記録された、貴重な寄稿であった。

記録はまだ続くのだが、治安維持法下の一九四三年、安井さんが一九歳の学生のときの体験を八二歳になって初めて語った出来事であった。安井さんは義務制教職員の組合、筆者は高校教職員の組合と組織は違ったが、共同の行動では一緒になり、退職後も原爆訴訟や核兵器廃絶の取り組みでは共に行動する機会が何度もあったが、伏字の文庫本『蟹工船』の没収された話だけは聴くことがなかった。訴訟の関係でよく講演もされていたが、決して語ることはなかった。それほどに重たい、苦渋の体験であったのである。六〇数年を過ぎてはじめて明かした、胸中に閉じ込めてきた体験であった。それは「今日の憲法に照らしてみれば、第一一条、一九条、二三条、三五条の各条項に真っ向から違反するものであ」ったと、述懐する怒りを込めた記録であった（この「記録」を読まれたい方は、若干の残部があるので、筆者までご連絡ください）。

安井さんのこの寄稿と出会わなかったら、このような筆者の執筆もなかったのである。ここが本書の紡がれてゆく糸口であった。生前にお会いしたとき、拙著が出来上がったらお届けしますと約束していたが、今は霊前に供するほか叶わなくなってしまった。悼まれてならない先輩であったが、今はご冥福をお祈りするばかりである。安らかにおやすみください。

この安井さんの記録との出会いの後の経緯は、冒頭の「はじめに」でも認《したた》めているが、伏字の文庫版『蟹工船』が改造文庫と新潮文庫から出ているのを知っても、どこにその文庫本があるのか、古い時代のものだけに容易には見つからず、小林多喜二のコーナーを常設している市立小樽文学館を思いつき、小樽在住の教え子で「多喜二祭」実行委員会二代目事務局長をしていた古澤勝則君（当時、市議にも就任）に該当する本の在庫を確かめてもらった。回答は、何といきなり『蟹工船』収載の改造文庫から作品全部をコピーして送り届けてくれたのである。筆者はこれを直接の契機にして、伏字本の『蟹工船』と向き合い、その深い森へ足を踏み入れてゆくことになるのである。

古澤君（現在、小樽健康友の会会長）には感謝しきれない深い思いを抱きながら、この拙稿を完成させることがその思いを伝えることになるだろうと考えてきた。ほんとうにありがとう。感謝の思いでいっぱいである。また、小樽文学館の玉川薫館長（当時、副館長）には、当館収蔵の貴重な保存本をお貸しいただいたうえに、そのコピーまでもお許しくださり、深くお礼を申し上げたい。

そして、初稿のときから励ましや支援のおことばをかけてくださり、お心くばりをいただいてきた小森陽一先生（東京大学名誉教授）、ノーマ・フィールド先生（シカゴ大学名誉教授）、データの紹介、提供などの他、ご助言までいただいた荻野富士夫先生（小樽商科大学名誉教授）には、身に余るお力添えにただもう感謝するほかない。また、ノーマ先生のご紹介で適切なご助言をくださった文芸評論家の北村隆志、佐藤三郎（「星灯」所属）の両氏にもお礼申し上げる。

さらに、紙智子参議院議員事務所の当時第一秘書だった増田優子さん（現在も議員秘書）には、ご多忙な中を国会図書館調査局から関係資料の照会やコピーをしてくださるなど、再三のお手配をしていただいた。またさらに、当時、区立千代田図書館の河合郁子企画チーフ（現在、石川県立文化振興課新図書館装備推進室勤務）からは戦前の出版検閲をめぐるデータの提供、また書誌学専門の浅岡邦雄先生（中京大学教授）や大滝則忠先生（東京農業大学教授）のご紹介・ご連絡の仲介などしていただいた。拙稿で書誌学的な考察がすすめられているとすれば、関さんをはじめお二人の先生の諸論文を拝読する機会があったからである。他に道立図書館奉仕部の一戸泰さんはじめ参考調査課の皆さんからは関係資料の検索や照会、文書のコピーに至るまでのお世話をいただき、データの検索などにひと方ならないご協力を賜った。さらにはデータの入り混じる幾重もの検索に、熱心に一緒に携わってくださった札幌中央図書館調査相談係の司書、芝木桂子さん（現在、札幌曙図書館勤務）をはじめ、係の司書の方々にもお世話になった。これらみなさんの丁重なご対応にただもう嬉しく、感謝している。

データの紹介、案内等では日本共産党中央委員会党史資料室の室員橋本伸さんに、自宅の資料（山田清三郎の著書）まで持ち出してきてコピーしてくださったり、古本屋の情報をお伝えしていただくなど、大変なご協力を得た。新潮文庫の伏字本『蟹工船』（昭和八年四月）などは、橋本さんからの案内で入手しているのである。さらに新潮社資料室の早野有紀子室員には、伏字の新潮文庫版『蟹工船』の出版事情など、資料室の資料から得られるものを探していただくなどのご苦労をおかけしてしまった。その他、北海道合同法律事務所の川上有弁護士には、「監獄法」のレクチャーをいただくなどのご好意を得た。これらの心温まるご協力に励ましを得た思いで、執筆がすすんだ。深く感謝している。

また、市立小樽美術館の星田七重学芸員には、貴重な所蔵品である「走る男」の写真を送っていただき、図版の掲載をお許しくださり、無上の喜びであった。本当にありがとうと謝意を表する。

また、本書口絵の写真の多くは、どれも新日本出版社の提供により転載したものである。感謝するほかにお礼の申しようがない。豊多摩刑務所関係の画像は中野区が一九八四年に発行した『中野のまちと刑務所』より転載させていただいた。また、口絵ⅳ頁の「自画像」は『画家　大月源二の世界』からの転載であるが、刊行委員会が解散しているため出版元の大月書店よりご許可をいただいた。感謝申し上げる。また口絵ⅴ頁の「多喜二の遺体を囲む親族と友人」の写真は、撮影者貴司山治のご子息でプロレタリア文学研究者の伊藤純氏からご提供いただいた大変貴重なものであり、心より感謝申し上げる。なお、この写真の詳細については本書参考文献末尾にある伊藤氏の論考をぜひ参照されたい。

筆者の隣の地区にお住いの富田幸衛画伯は、大月源二の子息から依頼された遺品の整理をするなどのご体験からお持ちの、貴重なデータをご提供してくださるばかりではなかった。直接に面談もしてくださり、画家ならではの示唆に富んだ考察を語ってくださった。また、同じ地区においでの精神科医の上野武治先生（北海道大学名誉教授）は、多喜二と源二の盟友関係に注目して、源二の「走る男」を中心に深い観察と考察をすすめ、これらの所論を誌上に載せた冊子をその度ごとに寄贈してくださり、その示唆に富んだ論考を本書の考察・論述に参考にさせていただいた。お二人に心から感謝申し上げたい。

表紙の意匠には、小さな町の高等学校から初めて東京芸術大学絵画科油画専攻に進んだ教え子の中山信一君（現在、札幌で「アトリエ　ルートスリー」を経営）から提供されたデッサンを使わせていただいた。また口絵vi頁のカットは、これも同じ教室から京都市立美術大学（現在の芸術大学）西洋画科に進学した山田信義画伯（大手前大学名誉教授）から提供された作品である。望外の喜びである。感謝のほかない。

最後になってしまったが、本書の上梓に際して、高文研の飯塚直代表にはすっかりお世話になってしまった。その多大なご協力とご援助には感謝のしようがなく、この思いを代表にどうお伝えしたものか、校正の作業でお世話になった仲村悠史編集員など他の編集部の方たちにもご協力いただき、合わせて厚くお礼を申し上げる。

本書が仕上がるまでには、他にも地域の友人たちから労を惜しまないご支援、ご協力をいただいている。いちいちお名前を挙げることはしないが、深く感謝している。

このように、本書は多くの方たちのご援助、ご協力による所産の作物であり、「共同の著作」であることを言い添えておきたい。

二〇一九年四月　　小林多喜二没後八六年の年に。

多喜二没後八五年の節目には間に合わなかったが、謹んでこの一編を御霊に捧げる。

戸田　輝夫

戸田　輝夫（とだ・てるお）

1936年生まれ。

北海道大学大学院教育学研究科博士後期課程中退。専攻 生活指導論、心理臨床教育論。

1958年から96年まで深川西高等学校を皮切りに北海道の高校教諭を歴任。退職後は北海道高等学校教職員組合付属教育研究所主任研究員として勤務、北海道教育大学等の非常勤講師を2011年まで務めるかたわら、2007年1月から札幌市北区社会保障推進協議会代表に就任、2019年2月退任。

現在、北海道福祉調査評価審査委員会議長、北海道高齢者等九条の会幹事、さっぽろ子育てネットワーク運営委員等を務める。

著書：『高校の生徒会活動』、『ホームルーム総会と討議の指導』（共著　明治図書）、「合唱に息吹く青春」（『高校・四季の祭典』所収　高文研）、『不登校のわが子と歩む親たちの記録』（高文研）、『希望を紡ぐ』（かもがわ出版）等。

『蟹工船』消された文字
―多喜二の創作「意図」と「検閲」のたくらみ―

●二〇一九年一一月二〇日――第一刷発行
●二〇二〇年二月一日――第二刷発行

著　者／戸田　輝夫

発行所／株式会社 **高文研**
東京都千代田区神田猿楽町二―一―八
三恵ビル（〒一〇一―〇〇六四）
電話 03（3295）3415
http://www.koubunken.co.jp

印刷・製本／中央精版印刷株式会社

★万一、乱丁・落丁があったときは、送料当方負担でお取りかえいたします。

ISBN978-4-87498-686-8 C0095

関連書籍のご案内

日本ナショナリズムの歴史　全4巻

日本ナショナリズムの源流から、その形成、確立、崩壊そして復活までを通して叙述した初めてのシリーズ全4巻！

梅田正己　著　四六判・総1、542頁・各巻2、800円＋税

横浜事件・再審裁判とは何だったのか

資料に基づいて客観的にまとめた横浜事件の全体像。事件についての最も信頼できる概説。

大川隆司・佐藤博史・橋本進　著　四六判・236頁・1、500円＋税

北の詩人　小熊秀雄と今野大力

小林多喜二と同時代を生きた2人の詩人の生涯を、新資料をまじえ作品を通して描く。

金倉義慧　著　四六判・448頁・3、200円＋税